JN226500

お嬢、メイドになる!

登場人物紹介

フォルテ家の執事

品の良い老紳士。

フォルテ・ピアニッシモ

異世界で利菜を拾ってくれた
お金持ちの男性。
仕事が忙しいらしく
ほとんど家にいない。

海堂利菜（リナ・カイドウ）

通学途中に、突然異世界トリップ
してしまった高校生。
実家が“ヤ”のつく自由業のため
物事には動じない性格。
かなりの大食漢。

クスミ・チェルター

利菜が通う
白薔薇の園の教師。
無口無表情だが、
一部の女生徒には人気。

マーガレット・オブライアン

利菜が通う
白薔薇（メア・プリローズ）の園の教師。
通称『ザーマス先生』。

サーシャ・スコットティー

利菜が通う
白薔薇の園の教師。
勝気な美人。

レイニー・エイ

白薔薇の園の生徒。
お金持ちの少女で
利菜に反発して
いたが……!?

メイ・ブロッサム

白薔薇の園の生徒。
寮での利菜のルームメイトで
一番の親友。

第一章　お嬢、異世界へ飛ぶ！

足もとに広がる緑の景色に、海堂利菜は目を細めた。

今、利菜は崖の上に立っている。彼女の二十メートルほど下は、大森林がどこまでも続いていた。

利菜はかなり視力がいい方なのだが、それでも果てが見えない。

この森を抜けなければいけないのだとしたら、何日くらいかかるだろう。

下から吹き上げる風で、身につけていたセーラー服のスカートと真っ直ぐに伸ばした黒い髪がはためいた。

上を見ると、青い空に白い雲が浮かんでいる。

ずいぶんいい天気だ。

利菜は右手に通学鞄、左手に空き缶や空のペットボトルが半分詰まったゴミ袋、背中にはリュックという、ゴミ袋とリュック以外は普通の学生といった姿でそこに――どこともわからない大自然の中に佇んでいた。

何がどうして、こうなったのか。

いつものように、学校へ行くために家を出たはずだ。

今日はなんとなく歩きたい気分だったので、送迎の車を断って、テクテクとのんびり歩いていた。

歩くついでに、ゴミ拾いをしながら……

利菜の家はいわゆる〝ヤ〟のつく自由業だ。地域密着型でカタギさんを巻き込んだりはしないとはいえ、ご近所のみなさんの迷惑になっていることにかわりはない。だから、こうして時々、ゴミ拾いなどのボランティアをしていた。

もしかしたら、そのゴミ拾いが間違いだったのかもしれない。

いつも通る道を曲がった途端、階段で足を踏み外した時のような感覚に陥り、続いて急激な眠気に襲われ——気付くと、利菜は知らないこの場所に立っていたのだ。

「人生、何が起こるかわからない」

しみじみと呟く。

利菜は、あくまでも冷静だった。

もちろん最初はひどく動揺した。だけど、それはものの数分で静まる。だって、動揺していても事態はかわらないのだ。それならばこれからどうするか考える方がいい。

起きた出来事を受け入れて。

小さい頃から生家の生業のせいで何度か誘拐されたことがある。そのため、こういった特殊な環境に置かれることに、利菜は耐性ができていた。

それに、突然、大自然の中に放り込まれたことも一度や二度ではない。

「……まさか、うちのじー様の地獄の特訓が役に立つなんて」

利菜の祖父は彼女が物心ついた時から、長期の休みになると兄と彼女を山の中に連れていき、心身を鍛えまくった。

祖父は十分に老人と言っていい年齢なのだが、そこら辺の若い格闘家など目ではないくらいに強い。

『いざという時には強い者が、生き残る！』

などという、どこの少年漫画だと突っ込みたくなるような信念に基づき、亡くなった父に代わって利菜と兄を育てていた。それというのも、組同士の抗争が起こると、子どもが巻き込まれて危ない目に遭うことがあったからだ。万が一の時の備えが必要なのである。

結果、利菜は非常に逞しく育った。

「……世の中。色々あるんだなあ」

ふぅ、と息を吐く。

その頭上をドラゴンらしきものが飛翔していった。

子どもの頃に映画で見た姿によく似ている。

これで、知らない間に祖父に気絶させられ、いきなり大自然の中に放置されただけ、という可能性はなくなった。あんな生き物が地球上にいてはたまらない。

だが――利菜はやはり冷静だった。

実家が実家なので、利菜はごく一般的な女子高生たちとはものの捉え方や価値観が違うと自分でも思っている。

おかげで、突然ドラゴンを見かけ、帰る方法がわからなくても、パニックになって自暴自棄（じぼうじき）になるということは避けられた。利菜はそんな自分自身に少し安心する。

「……ここは、どこなんだろう？」

そのまま、青空を見上げ続ける。

本当に、いい天気だ。

ドラゴンは、いつの間にかいなくなっていた。

もしもドラゴンが自分に気付いていていたら、捕食されていたかもしれない。そんなことを考える。

利菜は目を閉じ、深呼吸した。

ふと、毎日繰り返している挨拶（あいさつ）を思い出す。

利菜の家には不思議な慣習がある。出かける際は「行ってきます」ではなく、「さようなら」と言うのだ。

彼女の家ではそれが普通だったので、子どもの時は不思議に思わなかったけれど、他人と交流を持つと、それがかわっていることに気付いた。

最愛の兄に質問すると、兄はにっこりと笑って教えてくれたものだ。

『まあ、うちはちょっとよその家と違うからね。さようならをちゃんとしていれば、万が一……突然お別れしなければならなくなった時に、後悔しないからじゃないかな』

今まで、イマイチよく理解できなかったけれど……

しばらく帰れない状況になった今、出かける際に「さようなら」と言ってきてよかったと思える。

「兄様」

利菜は覚悟を決めた。

「いつか必ず帰ります」

ここがどこかわからないものの、生きていれば、大好きな兄のもとに必ず帰れる。

あせらず安全に帰る方法を見つけよう。

「ん？　おや？」

ゆっくりと動く白い雲を眺めながら、これからどうするか考えていた利菜は、向こうの空から何かが近づいてきていることに気が付いた。

ドラゴンじゃない。もっと、大きな……

青空を泳ぐような優雅さで、飛行船が上空を通り抜ける。

優美な曲線で構成された船体は鮮やかな薔薇色。そこにはいくつものプロペラがついている。

全長は二百メートルくらいだろうか。距離があるので正確にはわからないが、かなり大きなもののようだ。

飛行船は、森の向こうへと飛んでいく。

利菜はその様子をじっと見つめ、去っていく方向を確かめた。

飛行船があるのならば、それを作った人がいるということだ。いや、人間ではない可能性もあるけれど、少なくとも意志の疎通ができそうな生き物がいるに違いない。

利菜は、飛行船を追いかけることにした。

あの飛行船が向かった先に街があるかもしれないと思ったのだ。

そのためにはまず崖を下りなければならない。利菜は再び下を見た。

「まあ、どうにかなるでしょう」

この程度の崖、きっと下れる。二十メートルくらいの高さ、大したものじゃない。

利菜は手に持っていた鞄とゴミ袋を慎重に下へ落とした。さすがに手に持ったまま下ることはできないが、これからしばらく森の中を歩き回るのに、どちらも必要になるはずだ。無事に崖下に下りたところで拾えばいい。

リュックを背負ったまま、利菜は慎重に崖を下り始めた。

幸い、祖父の特訓のおかげで、それほど難しくはない。問題は靴がローファーであることだけれど、素足よりはマシと思うことにする。

利菜は予想よりも早く地面に辿り着いた。安堵の息を漏らし、改めて自分が下りてきた崖を見上げる。

「……高いなぁー」

素でそう呟いてしまうほどに、崖は高かった。

よく無事に下りられたものだと自分でも感心する。

「スタントマンにもなれるかな」

利菜に将来の夢は、特になかった。自分か兄のどちらかが、組を継がなければいけないのかもしれないが……

先に投げ落とした荷物を見つけ出すと、利菜は飛行船が向かった方に歩き始めた。

利菜は半日、森の中を歩き続けた。

運のいいことに、その間に見かけたのは小動物だけで猛獣には出会わなかった。

利菜が見かけた動物はみんな、今まで地球上で見たことのある動物と一緒だ。どうやらあのドラゴン以外、それほどかわった場所でもないらしい。

日が沈む前に利菜は寝られそうな場所を探し、夜明けを待って再び歩き始めた。荷物の中に入れていたお弁当を食べ、歩きながら口にできそうな食料を探す。豊富に果物があったため、当面、食べものの心配はなさそうだったけれども、早めに水を確保したかった。

そんな、森に入って二日目の昼過ぎ。利菜の目の前に忽然と広い湖が現れた。

誘われるように、水辺に立つ。

湖は底が見えるほど澄んでいた。

利菜は岸辺に膝をつき、慎重に水を口に含む。何度か口の中で水を転がして異常がないか確認してから飲み込んだ。

そしてゴミ袋に入っていたペットボトルをすべて綺麗に洗う。

持ってきていて、よかった。ご近所ではただのゴミでも、今や生き残るための立派な道具だ。

次にいつ、水をくめるかわからないので、持っているペットボトルすべてに水を入れる。

重いけれど、命には代えられない。

ペットボトルに水を詰め終えると、改めて湖を見た。

本当に美しい湖だ。泳ぐ魚、水底まで見える。

「綺麗」

すぅ……っと、意識が湖の中に引きずられていく。

身体がふらふらと前後に揺れ、そのまま利菜は湖の中に落ちた――

＊＊＊

不意に水音が聞こえ、フォルテ・ピアニッシモは顔を上げた。

彼は仕事で数日、帝都を離れていたのだが、その帰路のことだ。

フォルテは、この帝都の裏社会を仕切るマフィア――ローズハート・ファミリーの大幹部で、ファミリーの取引と他組織との会談のためによその街へ行っていたのである。

大森林の途中、馬を休ませるために馬車を止めてすぐ、そう離れていない場所から水音がした。

「今、水の音がしたな？」

一緒に馬車に乗っている従者たちに確認する。すると、彼らは驚いた顔で「はい」と答えた。

この森――帝都を囲む大森林は、神秘的な場所だ。昔から湖があると言い伝えられているのだが、不思議なことに誰も水のある場所へ辿り着くことができない。

一説によると、湖の中に女神が住んでいて、彼女の悪戯で人間の目には見えないようになっているのだそうだ。

フォルテもこの大森林で水の音を聞いたのは初めてだった。

「見に行ってみよう」

「しかし、危険ではないでしょうか？」

馬車の扉を開け、外へ出るフォルテを従者たちが呼び止める。

この大森林を通り抜けるには特定のルートを通る必要があった。それ以外の道を通ると、迷ってしまい、二度と出られなくなる。

「心配ない。十分気を付けるさ」

三十路（みそじ）を超えても、なお少年のように好奇心旺盛（おうせい）なフォルテは笑う。

普段、仕事にしか興味がないと思っていた主人の珍しい表情に、従者たちは引き止めるのをためらった。だがすぐに彼らは心を決め、自分たちもフォルテの後についていこうとする。

けれど、フォルテは断った。

「何かあったら、お前たちに助けてもらわないといけないんだ。ここを離れないでくれ」

「しかし、お一人では……。せめて、私を連れていってください」

従者たちの中では比較的年かさの男が、真っ直ぐにフォルテを見つめてそう言った。

何を言ってもあきらめそうにないので、仕方なくフォルテは頷（うなず）く。

二人で水の音が聞こえた方へ歩いて行くと、すぐに開（ひら）けた場所に出た。

そこには太陽の光を浴びて、水面をキラキラと光らせた大きな湖がある。

フォルテは言葉を失い、湖に見入った。

この森の中で湖に辿り着けるとは……

「ん？」

ふと、湖のほとりに誰かが倒れているのを見つけた。

「あれ、人間か？」

人間の形をしているが……自信はあまりない。

馬車でも抜けるのに何日もかかるこの大森林に、たった一人で訪れる者がいるとは常識的にありえないし、普通の人間が湖に辿り着けるとも思えなかった。

その人型のものは、湖となんらかの関係がある神秘的なものではないかとも考える。

だが、遠目で見る限り、それは髪の長い若い女のようだった。

「……おそらくそうでしょう」

従者の返事を受け、フォルテは悩む。

従者にも人間に見えるということは、やはり人なのだろう。拾うか、無視するか。

浅く嘆息すると、フォルテは地面に倒れ伏している人物へ近づく。

彼は縁を大事にする男だった。

＊　＊　＊

ハッと、利菜は目を開けた。

青い空が見える――はずだった。

けれど、目にしたのは割と近い位置にある天井。

「あれ？」

利菜の最後の記憶は、森の湖にうっかりポッチャンしてしまったところだ。

それ以降の記憶が途切れてしまっている。どうして天井があるのだろう。

今までのことが全部夢で、ここが自室だったらいいのに。そう考え、天井をよく見てみる。だけどその天井に見覚えはない。どうやらここは自室ではなさそうだった。

というか、なんだかやたらと身体が揺れている気が……

この振動は、なんだろう。

「目が覚めたかい、お嬢さん」

近くで声が聞こえて、利菜はそちらの方へ顔を向けた。

金髪の男性が向かい側に座っている。どうも自分は、長椅子か何かに横たわっている状態らしい。

「……あの……ここは？」

漏れた声はかすれていた。

身体を起こそうとすると、ひどく重い。水泳をした後のような倦怠感（けんたいかん）がある。

ゆっくり身体を確認する。利菜の衣服は脱がされ、かわりに毛布が巻かれていた。

「馬車の中だ。悪いが、勝手に服を脱がせた。お嬢さんはびしょ濡れで、緊急事態だったんだ。変に思わないでくれ」

「……あ、はい」

羞恥心はうずくが、彼の言う通り、濡れたままの服を着ているのはよくない。自分はおそらく彼に助けられたのだ。命を助けてくれた恩人に文句は言えない。

毛布から肌が露出しないように気を付けながら、利菜は身体を起こした。

改めて向かいに座る男性を見る。

俳優みたいに容姿の整った人だ。綺麗な蜂蜜色の瞳で、年は、三十路を少し超えたところに思える。上品な黒いスーツがよく似合っており、黒い革の手袋をしていた。

日本人ではなさそうだが、言葉は通じる。

湖に落ちた自分を、彼が引き上げてくれたのだろうか。パッと見は細身だが、案外鍛えているのかもしれない。

「……助けて、くれたんですよね？」

「まあ、そうなるね。君が、行き倒れる趣味があるなら別だけど。もっとも君は湖に落ちたみたいでずぶ濡れなのに、俺が見た時にはすでに岸にいたから、助けたというより拾ったのかな。俺はフォルテ・ピアニッシモ。帝都でちょっとした事業をしている。ところでお嬢さんの名前を教えてもらっても構わないかな？」

利菜は慌てて名乗った。

「利菜です」

「リナ？」

「ええ、利菜……海堂」

「リナ・カイドウ……リナか。いい名前だ。それで、どうして大森林で道を外れ、しかも一人でいたんだい？　地図を持った仲間とはぐれてしまったのかな？」

利菜は下を見た。

（どう答えればいいだろう）

確かに、十代の少女が森の中を一人で彷徨っているのは、不自然すぎる。

「……実は」

少し考えてから、彼女は作り話を始めた。

まさか、気が付くとまったく知らない場所に立っていたなどと言って、信じてもらえるとは考えられない。

（きっと、頭がおかしい子だと思われる）

異質なものは、警戒される。昔からそうだ。

利菜は、自分の家が普通ではないことを小さい頃から知っていた。初対面では仲よくしてくれた人たちも、家のことを知るとみんなよそよそしくなる。それは、ごく普通に生活している人たちにとって、利菜の実家――〝ヤ〟のつく自由業を営んでいる海堂組が異質な存在だからだ。利菜自身が何もしていなくても、周りから警戒され距離を取られた。

（……よその世界から来た、なんてことは……隠しておこう）

それに、この男性が信頼できる相手かまだわからない。もし信頼できる人だったら、素直に本当のことを告げるかどうか、その時判断しよう。

必要な嘘はついても構わないと利菜は思っている。

「遠い田舎から出てきたのですが、一緒に旅していた人たちと、はぐれてしまったのです。一生懸命探したけれど見つからなくて……」

「そうか。ということは、お嬢さんは帝都の人間ではないんだな？　まあ、帝都内で見かける人種ではないが」

「どういうことですか？」

「お嬢さんのような髪の色と瞳の色の組み合わせを持った人間は、帝都ではほとんど見かけないからね」

そう言って、フォルテは目を細めた。

フォルテのような金色の髪や瞳が一般的なのであれば、利菜の黒髪、黒瞳は珍しいだろう。

「そうなんですね。ええ、私は帝都の人間ではありません」

「一緒に旅をしていた仲間を探したいかい？」

「……いいえ。なんと言いますか……色々と複雑な事情で、ずっと一緒にいたい人たちではなかったものですから……探しはしたものの見つからないので、それはそれでいいかな……なんて思ってました」

利菜はわざと目を伏せ、あまり口にしたくない話題のように振る舞う。

　必要以上に突っ込まれるとボロが出るので、『複雑な事情』とぼかしておいた。それでも深く突っ込まれたらどうしようと考えていたけれど、幸いフォルテはそういうタイプではなかったようだ。

「そうか。まあ、あんなところで一人、行き倒れになっているくらいだ。本人が探さなくていいと言うのであれば、そうしよう。確認しておくが、はぐれたのは家族ではないんだね？　家に帰りたいなら、手伝ってあげられるかもしれないよ」

「……違います。それに、私の家は遠くにあるので、もう帰れません」

「わかった」

　フォルテはそれ以上詮索してくることはなく、まだ疲れているだろうから寝てるといいと言ってくれた。利菜は彼の言葉に甘えて、再び横になる。

　目を閉じ、そっと息を吐いた。疲れているのが、自分でもわかる。

（それにしても……この男性はどういう人なんだろう。素人（しろうと）には見えないけれど……）

　フォルテは育ちのよさそうな上品な美貌（びぼう）をしているが、立ち居振る舞いに隙（すき）がなく、海堂家の組員に似た鋭利な雰囲気を持っていた。色々と事業をしていると言っていたが、この場所にも、〝ヤ〟のつく自由業があるのだろうか。

　そんなことを考えながら、利菜はうつらうつらとしていた。

　馬車の走る道が舗装（ほそう）されたものにかわったのは、それから数時間後のことだ。

　ガタンガタンと席が揺れ、利菜はパチリと目を開く。

周囲を見回すと、フォルテが窓枠に肘を置き、ぼんやりと外を見ていた。見れば見るほど、映画俳優のような美形だ。利菜が起きていることに、彼はまだ気付いていないようだった。

「おはようございます」

身体を起こしながら利菜が言うと、蜂蜜色の瞳がこちらを見る。

「起きたのか？　どうだい、身体は？」

「十分に休んだので、もう大丈夫です」

利菜が湖に落ちたのは、自覚していない疲労のせいだろう。なんの前触れもなしに、どこともわからない大自然の中へいきなり放り出されてしまったのだ。相当のストレスがかかっていたに違いない。

人間と出会えたことで安心し、十分な休息を取った利菜は、体力と思考能力を回復させていた。フォルテが百パーセント安心できる相手だとは言えないものの、穏やかな会話はできる。精神的にかなり楽になっていた。

「若様。帝都領に入りました」

その時、外から声が聞こえた。

声は一つだったが、気配は一つではない。どうやら、馬車の外——御者台には、複数の人間がいるようだ。

「帝都？」

そういえば、フォルテは先ほども「帝都の人間ではないようだ」と利菜を推察していた。

その時は深くは考えなかったけれども、帝都というのが今向かっている場所なのだろうか。

「帝都ロザンクロス。まさか、帝都も知らないのかい？」

「……はい」

素直に答える。

ここで知っていると嘘をつくのは危険だ。何か帝都の話題を振られても、何一つ利菜には応えることができないのだから。

「私が住んでいたのは、本当に遠く離れた……田舎の小さな村だったもので。村の外のことは、何も知らないんです」

利菜は多少強引でも、何も知らない田舎者で通そうと思っていた。単純だが、複雑にしない方が嘘は使えるものだ。

フォルテは驚いたように目を軽く見開いた。

「それは……。帝都はその名の通り、帝国の都だよ。どこの都市よりも、魔術も科学も進んでいる。女帝陛下がおわす城も、帝都にあるしね」

フォルテは帝都ロザンクロスについて教えてくれた。

ついでに、利菜はこの世界についても、尋ねてみる。

多少、怪しまれたが……フォルテの説明をまとめると、こういう話だ。

この世界は樹母の大地と呼ばれており、魔術と科学技術が混在しているらしい。

魔術が普通に存在している時点で、ここが地球のどこかかもしれないというかすかな望みが完全に断たれた。昨日見たドラゴン的な何かは、一時的な混乱による幻かも……と思いたかったのに……

覚悟はしていたものの、やはりそれなりに落ち込んだ。

けれど、それを表情には出さず、利菜は大人しく話を聞く。

昔から感情が顔に出にくい方だったので、フォルテには気づかれてないだろう。利菜の感情を正確に読み取れるのは、肉親くらいなものだ。

フォルテは話を続けている。

「帝都は、この地方一帯の要の都市でね。大森林の侵食を防ぐために、高い壁で囲まれている。帝都への行き来には、検問があるんだが……まあ、俺と行動している限りは大丈夫だ」

検問……パスポート的なものが必要になるのであれば、かなりマズい。

利菜が持っているのは、財布に入れている保険証と制服に携帯している生徒手帳くらいなものだ。

そのどちらも、この世界で通用するとは思えない。

これは困った。

「私……自分の身分を証明できそうなもの、持っていないのですが」

「なんだ。旅券も持っていないのかい？」

もちろん、持っていない。

「……はい。森で迷っていた時になくしてしまったようで」

「そうか。まあ先ほども言ったが、俺と一緒にいれば問題にならない。これでも、帝都ではそれなりに顔が利く。君を拾ったのは俺だからね。そのくらいの責任は持つさ」

なんでもないことのようにフォルテは言う。利菜は眉間に皺を寄せた。

サービスがよすぎる気がする。助かるが、彼が何を考えて自分によくしてくれるのかがわからず、利菜は不安になった。この世に、ただより高いものはないのだ。今の内に彼の考えを確認した方がいいかもしれない。

「……あの。自分で言うのもなんなんですが、もしも私が犯罪者だったらどうするんです？」

「そうなのかい？」

「いいえ。今のところ違いますけど」

〝ヤ〟のつく自由業のおうちに生まれてはいるけれども、加害者としてお巡りさんのお世話になったことはない。

「だったら、問題はないさ。万が一そうだとしても、それは見る目のなかった俺の責任だ」

「どうして、そんなによくしてくれるんですか？」

利菜は相手の目を見て、問いかけた。

「んー？」

フォルテは頬を指先でかき、少し考え込んだ。

三秒ほど悩んだ後、やはりなんてことはないように言う。

「特にこれといった理由はないな。君を助けたのは気まぐれだが、うら若き乙女を無責任に放置できるほど、腐ってはいない。俺は紳士だからね」

「……そうですか」

「お嬢さんの一人や二人の生活を世話するくらいは、わけもない。金持ちだから」

「お金持ちなんですか」

自分を金持ちだと言うフォルテの言葉に嫌味はなかった。あまりにも自然に口にするので、嫌らしく聞こえなかったのだ。

本物の金持ちにとってお金があるのは当然なので、ことさら否定する気がないのかもしれない。

「まあ、君のこれからのことは追々考えていくことにして、とりあえず今夜はうちに泊まるがいい。部屋は余っているから」

「ありがとうございます。助かります」

フォルテの言葉をすべて信じたわけではないけれど、相手を疑いすぎると神経がすり減ってしまう。利菜は当面の間、フォルテの「気まぐれ」という言葉を信じてみることにした。

ほどなくして、馬車は件の壁に近づいた。

窓から覗くと、予想よりもはるかに高い壁が連なっている。この光景を見ただけで、なんだか観光気分になった。

「帝都はほぼ円状をしていて、周囲をすべてこの高い壁で囲まれている。東西南北にそれぞれ門が設置され、専門の役人たちが出入りする人々をチェックしているんだ」

フォルテの説明を聞いている内に、馬車はどんどんと壁に近づき……大きな門をくぐって、完全に帝都内へ入った。

役人らしい人間が幾人もいたけれど、利菜たちが乗る馬車を呼び止めることはなく、彼らはスムーズに通してくれた。

「調べなくていいんでしょうか？」

「門の役人たちとは顔馴染みでね。うちの馬車は、審査なしで通ることができる」

顔馴染み――別の言葉では、袖の下を渡しあう仲とも言いそうだ。

それでいいのか。あまりよくないんじゃないのか。

突っ込みたいところだったものの、黙っておいた。フォルテのおかげで、利菜も検問を受けずに済んだのだ。余計なことは言わないに限る。

馬車の窓から顔を出し、利菜はキョロキョロと帝都の街並みを見回した。

綺麗に舗装された石畳の道に沿って、二階建ての家が並んでいる。時折、五階建てくらいの建物もあるが、ビルは一つもなかった。

住宅の中に、ぽつぽつと商店のようなものが見える。どうやら住宅街といった感じだ。

建物はレンガ造りだったり木造だったり、場所によって様々で、ヨーロッパ風の家が多い区画もあれば、中東風のところもある。まるで、何かのテーマパークのようだった。

「街は初めてかい？」

「はい」

あまりジロジロ見るのは悪いかなと思いつつも、ど田舎から出てきたばかりの娘という設定なので、おのぼりさん気分でよく観察する。

通りは人々で賑わっていた。その服装もまちまちだ。元いた世界での色々な時代、様々な民族の衣装が交ざっている。フォルテはスーツを着ているが、往来を歩く人たちの服は、もう少しラフなものが多い。

その時、目の前を見慣れたものが横切った。

「あ」

思わず声が漏れる。

驚くことに自動車が走っていたのだ。

利菜の知っているものと、多少の差異はあるものの、あのフォルムは間違いなく車だった。形はクラシックカーに近い。

まさか車があるとは思わなかった。

よく考えたら、巨大な飛行船があったのだから、自動車くらいあってもおかしくないのかもしれない。

「あの、あれは?」

利菜はフォルテに確認する。

「ん?　自動車だよ。君の住んでいた村ではなかったのかな?　まあ、帝都外ではあまり見ないかもしれないね」

そうなのか。つまり、車は都会では普及しているが地方では珍しい……と。

「あの不思議な機械……ジドーシャはどうやって走るんですか?」

自動車のことはまるで知らない振りをしてさらに尋ねてみた。

ガソリンで走るのか、それとも違うエネルギーを利用しているのか。利菜はそこが気になっていた。

フォルテは、聞いたことには答えてくれる。

「そりゃあ、もちろん星（アスターシェ）を使ってるんだよ。自動車なんて大きなものを動かせるほどのエネルギーは、普通の人間には作り出せないからね。星（アスターシェ）の力を集めて作った星玉（アスタローシェ）が専門の店で売られてるのさ。質のよさによって走れる距離も速度も違うから、いい星玉（アスタローシェ）を扱う店は人気がある」

「……アスターシェ……アスタローシェ」

まったく聞いたことのない言葉だった。なんのことを言っているのか、さっぱりわからない。

「どうした、お嬢さん？」

「……あのアスターシェとか、アスタローシェというのは、なんでしょう？」

この質問は危険だったかもしれない。

フォルテは今までで一番驚いた顔をした。彼の反応から考えると、おそらくその二つは、誰でも知っているものなのだ。

これはマズった。利菜は少しだけ後悔する。

「……驚いた。君の村では、誰も使わなかったのかい？　学校でも習わなかった？　君はまだ学生だろう？」

「……学ぶ機会がありませんでしたから」

「どこに住んでいようと子どもは学校に通うものだと思っていたが。君は今いくつなの？」

「十七歳です。小さな村だったもので、学校が一つもなくて」

利菜は一度も学校に通ったことがない、と答えた。フォルテは利菜の言葉をそのまま信じてくれたようだ。

「ずいぶんと……本当にその……あー、地方からやってきたんだね」

「ええ。もの知らずですいません。でも、体力はあります」

体力ならばこの世界の男にでも勝てる自信が利菜にはあった。

「なるほど。君は深窓の令嬢といった感じの容姿なのにね」

フォルテの目にはそう見えているらしい。

そういえば利菜は昔から、見た目だけは大人しい子に見られていた。確かにあまり口数が多い方ではないので、もの静かではあるかもしれない。

けれど、口数が少ないからといって大人しいかといえば、違う。

利菜は自分がどちらかというと好戦的な性格である自覚があった。

「もう一つ聞いてもいいでしょうか。大きな赤い空飛ぶ乗りものを見たんですけど」

思いきって尋ねてみる。

あの飛行船が向かっていたのは、この帝都の方向だった。フォルテが何かしら、知ってはいないだろうか。

「赤い空飛ぶ乗りもの……もしかして、ステラのことかい？」

「ステラ」

その名を呟(つぶや)く。

「豪華客船ステラ。帝都の繁栄を象徴する乗りものさ。あれは失われた技術(ロストテクノロジー)で造られているから、詳しい仕組みはわからない。まあ、帝都にとって特別な船さ」

「ろすとてくのろじー？」

「それも知らないのかい？　うーん。君は学校に入る必要があるかもしれないね。知識は大事だよ。どんな社会で生きていくにもね。ところで君は都会に仕事を探しにきたのかい？」

「そんなところです」

「そうか。じゃあやはり、ある程度の知識を身につけないとね。帝都に勤め先はいくらでもあるが、条件のいいところではそれ相応の知識が求められる。失われた技術(ロストテクノロジー)というのは、前時代の技術のことだよ。今の技術とまったく違うもののため、誰もその原理を解明できていないんだ。帝都の歴史の話は長くなるから、改めて……それとも、きちんとした学校に通った方がいいか、な」

「……はい」

この世界にも学校があることはわかったものの、利菜には先立つものがない。

こちらで長く生活することになるのなら通いたいが、授業料はどうすればいいだろう。お金じゃなくてもいいのなら、労働で払うのだけど……などと、利菜は思っていた。

下を向いて考え込んでいると、フォルテが心配することはないと言った。

「言っただろう。君を拾ったのは俺だ。俺は、自分の行動に責任を取らないような男ではないつもりだよ。悪いようにはしない」

利菜は窓枠から身体を離し、真っ直ぐフォルテを見つめた。

何を思ってこの人が自分を助けてくれるのかわからない。

本当にただの気まぐれかもしれないと思っている。利菜の亡くなった父親も、気まぐれで人間を拾ってきては、家で面倒を見るタイプの男だった。

父が拾ってきたのは、大抵社会に馴染めない人たちばかりで、自然とその手の人間が集まりやすい家になった。

そういう人が身近にいたので、フォルテの行動をそこまで不審だとは思わない。

「ああ、そういえばステラの話が途中だったね。ステラは飛行時間が決まっていてね、それ以外の時は、倉庫に入っているんだよ。帝都に住んでいればまた目に触れる機会があると思うから、じっくりと観察してみるといい。上空を飛ぶステラの姿は、まさに壮観だよ。うちの会社も、少し事業にかかわっているんだ」

「そうなんですか？」

「ああ。ステラに乗る客はハイクラスな接客を求めてるんでね。その乗客たちの我がままに対応するために、あらゆる業種の店が入っているんだ。レストランやブティック、本屋にエステサロン、大人向けの遊技場、他にも色々。それらのいくつかを、うちが担っているんだよ。その内、君も乗船してみるといい」

興味がないと言えば嘘になるが、そんな豪華すぎる飛行船に利菜が簡単に乗れるとは思えない。

まあ、いつか……チャンスがあったら……

「おい。『ディール』の前で止めろ」

馬を操っている人間にフォルテが声をかけた。

『ディール』とは何かと思っていたら、ほどなくして馬車が停まる。どうやら、その『ディール』の前に辿り着いたらしい。

フォルテは利菜へ「少し待っているように」と言い残して、一人で馬車を降りていった。

利菜は毛布一枚なので、外に出ることはできない。言われるままに大人しくする。

十分ほどして、フォルテが帰ってきた。大きな紙の袋を持っている。何か買い物をしてきたらしい。

フォルテは紙袋を利菜に手渡した。

「えっ？」

利菜はキョトンとフォルテを見る。

「中に服が入っている。とりあえずこれで我慢してほしい。俺は外に出ているので、その間に着替えなさい」

利菜が戸惑っている内に、フォルテは再び馬車の外に出てしまった。

服がびしょ濡れで着るものがない利菜のために、わざわざ服を買いに寄ってくれたらしい。

どうやら、『ディール』というのは店の名前だったようだ。

至れり尽くせりである。

利菜はためらったものの、毛布一枚でい続けるのはフォルテに迷惑かもしれないと思い、着替えることにした。

袋の中には、青い生地のワンピースドレスが入っている。ウエストの部分が細くしぼられ、裾がひらひらしているその服は、清楚でかわいらしかった。

制服以外ではあまりスカートを穿かないので、思わず「おお」と声が漏れる。

利菜は毛布を脱いだ。すると、下着まで外されている。

なんとなく、胸もとがスースーしているので、そうかもしれないとは思っていたけれども……

「下は脱がされてないのか」

それには安堵したが、下着を脱がしたのは誰だ？　フォルテしかいない。

（あの野郎）

ついつい胸の内で毒づく。

けれど、彼に悪意や邪な気持ちはなかったはずだ。あったとしても、文句を言える立場ではない。同じ世代の女の子と比べてもかなり控えめな自分の胸を見下ろして、利菜は複雑な気分でため息をついた。

頭を切り替え、ワンピースドレスに着替える。下着がないので少し変な感覚だが、やわらかな生地が心地よい。おそらく絹だろう。

まるでオーダーメイドのように、ドレスは身体にぴったりだった。

「サイズを把握された」

そうとしか思えない。

海堂家の組員――主に夜のお仕事担当の中には、衣服を着ている姿を見ただけで女性のスリーサイズを正確に当てることができる人間がいる……どうやら、フォルテにもそういう特殊な能力があるようだ。

まあ、実際に彼は……あくまでも推定だが、自分の裸体を見ているので、衣服の上から把握したのではないかもしれないが……。それでも、一度見ただけ完璧にサイズを把握できるなんて、きっと、彼はそういう経験が山のようにあるに違いない。

そういう男をなんと呼んだだろうか。確か……

「スケコマシ」

あまり使う言葉ではないけれど、彼にはぴったりな気がする。

恩人とはいえ裸の胸を見られたことで、利菜の心の中にフォルテに対する薄い壁のようなものができあがっていた。

利菜とてまだ嫁入り前のうら若き乙女なのだ。裸を見られ、スリーサイズを異性に知られて嬉しいわけがない。

特に、利菜は自分の慎(つつ)ましい胸にコンプレックスを抱(いだ)いている。命の恩人でなければ、鼻の下に掌底(しょうてい)をぶち込んでやりたいほどだ。

考えれば考えるほど興奮してくるので、深呼吸をして心を落ち着かせた。

「着替えました」

服の中に収まっていた髪を出しながら、ドアの外に声をかける。

ほどなくして、「開けても大丈夫かい？」と優しく声がかけられた。利菜は「大丈夫です」と答える。

ドアが開き、先ほどまで座っていたのと同じ位置にフォルテは腰を下ろした。彼の合図で、馬車が再び走り出す。

「よく似合っている」

笑顔でフォルテに言われ、利菜の心は複雑だ。

「あの……ありがとうございます」

「うら若き乙女をいつまでも武骨な毛布一枚という姿のままにしておくわけに、いかないからね。君の神秘的な黒い瞳には、青い生地がよく似合う。まあ、君ほどの美少女ならばどんな服でも着こなしてしまうのだろうけれども。さっき寄った店は、帝都でも若い女性に人気のブランド店なんだ。今度、ゆっくりと時間を作って日常生活に困らない程度の数をそろえに来ないといけないね」

「あ、いや。そんな。さすがに、そこまでは」

この青いワンピースドレスだけでも、もらいすぎなくらいだ。セーラー服さえ乾けば、どうにかしのげるはず。そう利菜が言うと、フォルテは苦笑した。

「余計な遠慮はいらないさ、お嬢さん。俺がしてあげたいだけだからね」

本心からそう思っているらしいフォルテの顔を見て、利菜はそれ以上言葉を重ねるのをやめてしまった。

過剰な遠慮は、フォルテのメンツをつぶしてしまうのかもしれない。何よりもメンツを大事にする世界を、利菜はよく知っている。

馬車は雑多な通りを抜け、大きな家が並ぶ区画へ入った。周囲の音が落ち着き始める。

「もうすぐだ」

馬車が向かっているのは、フォルテの生家——ピアニッシモ家だそうだ。

ピアニッシモ家は帝都ロザンクロスでもっとも歴史のある家の一つであり、何代か前の皇帝より侯爵の爵位を授与されている、とフォルテは言う。

さらに、帝都の一部の土地の管理を任されているらしい。ピアニッシモ区は帝都内でも、高級住宅が並ぶ一等地だった。その中でも随一に大きく、美しい屋敷がピアニッシモ家だ。

馬車は大きな門の前で止まった。門は左右に開き、馬車を迎え入れる。

門を通った後も、馬車はしばらく走った。門から館まで距離があるのだ。

利菜の家もかなり広かったのだが、規模が違う。これは屋敷とか、そういうレベルではない。門の中に一つの街があるのではないかと思えるほど、広大な敷地だ。

馬車の窓から外を見ると庭には花が咲き乱れている。

途中、大きな噴水のそばを通った。ライトアップされ、夕暮れの薄闇の中でもその美しさを確認できる。

そうして馬車は館に着いた。利菜は馬車を降り、案内されるままに館の入り口をくぐる。

玄関ホールは広く、高い天井には豪華なシャンデリアが輝いていた。

磨かれた白磁のようになめらかな床と、二階へ続く純白の螺旋階段。その白い階段には、赤い絨毯が敷かれている。至るところに花が飾られ、その美しさに利菜は目を奪われた。

「お帰りなさいませ、若様」

ホールには使用人らしい人たちが整列していた。

品のよいスーツに身を包んだ老執事と、紺を基調とした清楚なワンピースドレスに白いエプロンを重ねたメイドが背筋を伸ばして立っている。

彼らは、みんな容姿端麗だ。

主人の趣味を反映しているのだとしたら、フォルテはかなり面食いに違いない。

一番手前に立っていた白髪の老執事が代表して、フォルテに近づく。

七十代くらいだろうが、黒いスーツを着こなしている様からは少しも老いを感じない。落ち着いた雰囲気の紳士だ。

「ただいま、じい。突然のお客様だけど、食事の用意をしてもらえるかい？」

「問題ございません。すぐにご用意いたします。いらっしゃいませ、お嬢様。若様、こちらのお嬢様はどの部屋にご案内を？」

「そうだな。確か、青鹿の間が空いていたな。そこに案内してやってくれ。入浴の用意も頼む」

「かしこまりました」

フォルテに一礼して、老執事は利菜の方へやってきた。

フォルテは利菜に目配せをした後、数人の使用人を連れて奥に入っていく。後には老執事と、二十歳くらいのメイドが三人、残っていた。

「お嬢様。お荷物を」

その言葉が耳に入るか入らないかのタイミングで、利菜が持っていた通学鞄と補助用のリュックはメイドたちの手にあった。

素早い。イエスもノーも答える暇がなかった。

無礼なのかもしれないが、相手に遠慮させないためには、なかなかの手だと思う。

「では、ご案内いたします」

老執事が先に立って利菜を案内した。その後ろに荷物を持ったメイドたちが続く。なんとなく、前後で護衛されているような気分になる。

白い螺旋階段を上りながらよく見ると、単色の赤い絨毯だと思っていたそれは、赤い薔薇が刺繍された白地のものだった。

階段を上り終え、長い廊下を歩く。廊下にも汚れ一つなく、掃除が行き届いている。歴史を感じさせる重厚で華やかな装飾が細部にあり、廊下一つでも見る価値がありそうだ。

「こちらの館は、次期当主であらせられます若様――フォルテ様が主にお寛ぎになる館です。ピアニッシモ家の歴史は古く、敷地内にはこの館の他にも十二の館が建っております。どの館でも数々の名画や美術品をインテリアとして使用しておりますので、一つ一つ眺めて回ると目の保養になります。お嬢様も、お散歩がてらに館内を散策されるとよろしいですよ」

「はい」

あまりにもスケールが大きすぎて、利菜は驚くことすらできなくなる。

庭に面した窓は大きく、美しい庭がよく見えた。壁に飾られているのは多くが風景画だ。芸術的なことはあまりわからないけれど、とても素敵だった。

楽しく鑑賞していると、ようやく目的の部屋に着く。老執事が鍵を取り出し、ドアを開けた。

「こちらでございます、お嬢様」

彼に促(うなが)されて、利菜は軽く会釈(えしゃく)してから、部屋に入る。

そこは、青を基調にしている部屋だった。

壁紙も家具も、青空に静かな夜の海を混ぜたような、そんな絶妙な色をしている。

利菜はとても綺麗な部屋だと思った。

「この部屋は、日中暖かい日差しが照らしますので、お嬢様には快適にお過ごしいただけるかと」

老執事がにこやかに説明する。

部屋の中央に天蓋(てんがい)付きの大きなベッドとソファーセットが置かれていた。ソファーセットとは別に、脚の長いテーブルもあり、立派な暖炉も取りつけられている。暖炉の上には凝(こ)ったデザインの金縁で飾られた鏡があった。

利菜が入ってきた扉以外にもドアがいくつかあるところを見ると、続き部屋があるようだ。

「お嬢様。メイドがお湯の用意をしている間、お茶を召し上がりませんか」

老執事に話しかけられる。

「ありがとうございます」

お気遣いなく、と言おうかと迷ったものの、利菜はお願いすることにした。

テーブルと対になっている椅子を一つ、老執事が引いてくれる。

メイドの一人が部屋の脇に用意されていたお茶のセットを使い、一分もかからずに紅茶をテーブルに運んできた。

「どうぞ。お召し上がりくださいませ、お嬢様」

淹れられた紅茶はほんのりと温かく、ふわりと心地よい香りが漂う。

お湯をどうやって沸かしたのか利菜は不思議だった。

お茶のセットはずっとそこに置いてあったのだ。元からその場に置いてあったポットに入っていたとしたら、保温機能があるに違いない。これも星とかいうやつの力だろうか。

「あの……お茶まで飲んでしまってからでアレなんですが、私、ここまでお客様扱いを受けていいものか……」

こんな豪華な部屋を与えられ、美味しいお茶まで出してもらって、ありがたいけれど、それ以上に恐縮してしまう。

「お気になさらずに。お嬢様は若様がお客様としてお招きした方です。どうぞごゆるりとお過ごしください。お茶を楽しまれましたら、入浴をなさり、お疲れをほぐしてくださいませ」

利菜は親切な言葉に甘えて、お世話になることにした。

今の自分には特に返せるものがないので、近々きちんと働いて恩返しをするしかない。

そう決意をしている間に、お風呂の準備ができる。

予想通り、部屋に隣接している浴室と脱衣所も広かった。

一度に三人一緒に入れそうな大きな白磁(はくじ)の浴槽に、金ぴかの蛇口。張られた湯はミルク色で、ほんのりと甘い匂(にお)いがする。並んでいる複数のボトルはおそらくシャンプーの類(たぐ)いだと思われた。小さな紙の包みに入っているのは、石鹸(せっけん)だろうか。この世界の女性も、ボディケアに余念がないのかもしれない。

ボトルにも紙の包みにも、何かしら文字が書かれているのだけれど……残念ながら読めない。

(そうか。字は読めないんだ)

言葉が通じていたので安心していたが、識字能力はないらしい。

働くには文字を学ぶ必要があるな、と利菜は少し気分が沈んだ。

そこへ、三人のメイドたちがやってくる。

「お嬢様。本日のお湯は、お肌によいミルクと蜂蜜(はちみつ)、それから香草を入れたお湯でございます。ゆっくりと入って、お身体のお疲れを癒(いや)してくださいませ」

「お身体を流す際は、わたくしたちがお手伝いいたします」

「お嬢様の美しいお肌のケア、しっかりとわたくしたちがさせていただきますわ」

(美しい……?)

アイドル並みの美少女たちに言われても、お世辞としか思えない。

「あ、いえ。自分で」

断ると、三人のメイドたちは「えー!」と言わんばかりの残念そうな顔をした。それでも、丁寧にお辞儀をして、部屋を出ていってくれる。

利菜の希望を尊重してくれたのだ。

一人になって、利菜はふぅと、息を吐く。脱衣所で衣服を脱いで、浴室に入った。

新品の石鹸を用意されていたタオルにつけて泡立てる。クリーミーな泡が身体を清めていった。

石鹸もきっと高級品に違いない。

利菜は、年齢の割には育っていない胸部に手を当てた。

いつかは走れば揺れる胸に成長するはずなんだ……と信じながら、大きくなぁれと心の中で呟く。

乙女としては、ここにそれなりの膨らみが欲しい。

身体を軽く流すと、浴槽に浸かった。髪を洗いたいけれど、濡れた髪を乾かすのは時間がかかる。

外で待っている人たちの時間を無駄にしたくないのであきらめた。

柔らかなお湯から漂うミルクと蜂蜜の甘い香りにふぅと身体から力が抜けていく。

いいお湯だなと思いながら、数を数える。お湯には肩まで浸かった。胸もとまでの方がいいとテレビで見たけれど、海堂家の人間はみんな肩まで浸かるよう教育されている。

じわじわと身体が温まり、六十を数えた辺りで汗が噴き出てきた。
九十八、九十九……百！
「ふぅ」

百を数え終えた利菜は立ち上がり、金色の蛇口から出した水をかぶった。

そして、簡単に浴槽周辺を片付けてから、浴室を出る。

脱衣所にはバスタオルと、新しい衣服が置かれていた。ふわふわで肌ざわりのよいバスタオルで身体を拭く。

ドレッサーの大きな鏡に、バスタオルを巻いただけの利菜の姿が映った。ほかほかと湯気を立て、少しピンク色になっている肌。

なんだか、疲れが一気に取れたような気がする。お湯に入っていた薬草の効果だろう。

「おにゅーな私」

微笑みを浮かべながら、利菜は新しく用意されている下着を身につける。

よかった。これで、胸もとがスースーしなくなる。

下着は流行りのものらしい、レースと刺繍がついたかわいらしいデザインだ。

元々着ていた青いワンピースドレスは回収されていた。新しい服は、リボンのついた絹のシャツと裾の長いフレアスカート。落ち着いた色合いで上品だ。

「なんて贅沢な」

利菜の家も裕福だったけれど、無駄遣いはしない家だったので、こういうお金の使い方は、いかがなものかと思ってしまう。

「お嬢様。失礼します」

脱衣所のドアがノックされ、メイドたちが入ってきた。利菜がお風呂から上がるタイミングを計っていたのだろう。

「お召しもののお手伝いをいたしますわ」

「まあ、本当にお綺麗なお嬢様ですこと」

「こんなに美しいお嬢様。わたくし、見たことがありませんわ」

お風呂上がりの下着姿の利菜を見て、三人娘たちは表情を輝かせ、頬を赤く染めている。

「くぅ……ご入浴のお手伝いができていれば……！」

その内の一人が、悔しげに呟いた。

盛り上がっているところ悪いが、できれば利菜は一人で着替えたい。

「さ。お嬢様。お食事の用意が整っておりますわ。早くお着替えになって食堂に行きましょう」

「あ……はい」

メイドたちの勢いに負けて、利菜はこくりと頷く。

彼女たちは利菜の身体に素早くシャツとスカートを合わせ、首もとと腰の周りにリボンを巻いた。

それから利菜をドレッサーに座らせ、髪に櫛を通す。

「まあ、本当になんて美しいお髪かしら」

「まるで黒檀のよう」

「いつまでも、この髪に触れていたいですわ」

美少女三人の熱い吐息。利菜が男子高校生ならば、ハーレム的なこの状況を喜んでいただろう。

けれど残念ながら、利菜は女子高校生。そういう趣味もない。いつかは大好きな兄のような人のお嫁さんになりたいと思っているのだ。

「はぁ……」

メイドたちのテンションについていけず、利菜は好き勝手にされた。

黒髪を後ろに編み込まれ、大きなリボンで留められる。なんというか、明治時代の浪漫（ロマン）を感じさせる髪型だ。自分でも、どこぞのご令嬢に見える。

普段、組員たちから「お嬢」と呼ばれる利菜ではあるが、「ご令嬢」と「お嬢」ではだいぶ意味が違うな、と思った。


メイドたちに連れられ、食堂へ案内された利菜は、その広さに呆気（あっけ）にとられた。

三十畳ほどの空間の壁には様々な絵画が飾られ、天井には美しい彫刻が彫られている。その細（こま）やかなデザインは、見る者を圧倒した。

床に敷かれている絨毯（じゅうたん）はかなり価値のあるものだろう。複雑に織られたその模様は、部屋のインテリアのバランスを決して崩さない。

中央に白いテーブルクロスがかかった長いテーブルが配置され、装飾を施（ほどこ）された椅子が並んでいた。無数のランプが幻想的に室内を照らし出し、テーブルに置かれた銀製の食器を柔らかく輝かせている。部屋の片隅にある暖炉の上には天使の羽の生えた美しい女性の像が置かれていた。

すべてが豪奢（ごうしゃ）に、品よくまとめられている。

レコードからは音量を抑えた音楽が流れていた。

フォルテは椅子に座って利菜を待っていてくれた。老執事がフォルテの対面にある椅子を引く。

利菜はエスコートされるままに、そこに座った。対面といっても距離があるので、フォルテと話す

には少し声量を上げなければいけないような気がする。

老執事はフォルテの斜め後ろに移動した。代わりに、利菜の後ろには先ほど部屋に案内してくれたメイドの一人が立つ。

テーブルにはご馳走(ちそう)が並んでいた。

肉にスープ、サラダ、魚のマリネ、パンの盛り合わせ。それから宝石のように輝く果物のゼリー、クリームたっぷりのケーキなどがところ狭しと置かれている。

取り皿があるのを見ると、大皿から自分の食べたい分だけを取るようになっているらしい。

「さあ、食事をしよう、お嬢さん。いや、確か……リナ・カイドウ嬢だったかな？」

「はい」

確認するように名前を呼ばれ、利菜は返事をしつつも、テーブルに並んでいる料理に目を奪われていた。

「うちのシェフは腕がいい。どうぞ、楽しんでくれ」

熱烈な視線を料理に向けている利菜にフォルテが笑った後、食事が始まった。

利菜の手と口は高速で動き、ものすごい勢いで料理をたいらげていく。

そのスピードに負けじと、メイドが利菜の目と手の動きから先を読み、食べたいと思っているものを給仕してくれた。

彼女たちは優雅に、そして音もなく動く。利菜は食事をしながらも、そんなメイドたちの完璧な仕事に感心していた。

動きに無駄がなく、すべての動作がなめらかだ。

（メイドさんか……）

この世界で生きていくには、何かしら働かなければいけないだろう。その選択肢にメイドを入れるのは、いいかもしれない。

（行ってらっしゃいませ、ご主人様）

一度は、言ってみたいような気がしてくる。

そんなことを考えていたら、フォルテに話しかけられた。

「うちのメイドに、何か気になることでもあるのかい？」

利菜は口に詰めたパンを咀嚼し、こくんと呑み込んだ後、口を開く。

「いえ。みなさん、すごくプロフェッショナルな動きをするなと思って」

感心していたのだと伝えると、メイドたちは嬉しそうに微笑んだ。

「そうか。自慢のメイドたちなんだ。褒められると、嬉しい」

フォルテは言葉通りまんざらでもない表情で、グラスを手にする。

彼は赤ワインを飲みながら、たまに料理の皿に手を伸ばしていた。

「ところで、料理の方はどうかな？」

「本当に美味しいです」

利菜は心底感心して答えた。

どれもこれも、一流のコックが作っているのがわかる。

フォルテはお金持ちのようなので、実はこっそりと期待していたが、期待以上の味だ。

特に、ローストビーフにかかっているブルーベリー系のソースが素晴らしい。パスタの濃厚なクリームソースも美味しかった。パンはふかふかの焼きたてで、上質なバターの香りが漂（ただよ）っている。

この世界の食べものは、今まで利菜が食べていたものとほとんどかわらないみたいだった。

それも嬉しい。

「リナ嬢。少し話してもいいかな？」

「……はい」

利菜は再び急いで食べものを呑み込み、返事をする。

「君のこれからのことなんだが……君は未成年だし、本来ならば家族のもとに帰してやりたい。だがそれはできそうにないと君は言う。もしよければ、しばらくここに住まないか？　うちは見た通り、山のように部屋が余ってるし、金には困っていないから、君一人を養うことくらい、なんてことはない」

「ありがとうございます。けれど、私はすぐにでも働きに出たいと思っているんです」

「そうか。しかし君みたいな少女が、いい仕事先を見つけるのは難しいかもしれないな。馬車の中でも話した通り、この帝都に働き口はたくさんあるんだが、いい就職先には紹介が必要だ。君はどこかの学校の生徒ではないんだったよな？」

「はい」

「賢（かしこ）そうだから、きちんと学ぶ機会があれば身につきそうな気がするが……」

フォルテはそこで一拍置いて考え込み、赤ワインをグラスの中で回した。

「学歴が関係ない働き口もあるが、雇用条件に問題があったり、賃金が低かったり、リスクを伴う。君はまだ若いし、やはり一度は学校に入った方がいいと思うけどね、俺は」

フォルテの言葉もわかるけれど、どう考えても利菜には学費を払うすべがなかった。ない袖は、振れないのである。

「手持ちのお金がないので、できれば早く就職をしたいと思います」

「そうか」

「肉体労働なら得意ですから」

「肉体労働……」

室内が一瞬ざわめいた。

フォルテを含め給仕をしてくれていたメイドたちみんなが動揺している。

なぜ、そう驚いているのか。何かおかしなことを言っただろうか。

「……若様。お嬢様は純粋に汗水流して賃金を得るお仕事をしたい、とおっしゃっているのだと思われます」

こそりと、老執事がフォルテに耳打ちした。

「あ、ああ……なるほど。妙な誤解をしてしまった」

「でしょうね」

小声だったが、利菜の耳には届いていた。

（どんな勘違いをしたんだ、この人は）

じっとりと睨むと、フォルテは咳払いを一つ落とし、話を続けた。

「女性の身で肉体労働とは、体力に自信があるということだね」

「はい」

利菜の一番の自慢は身体能力の高さだ。体力もある。ゴリラ三頭分くらいの働きはできると自負していた。

「なるほど」

フォルテは呟き、再び何かを考え始めた。

利菜はそれを尻目に、食後に出されたチョコレートソースのかかったパフェに手を伸ばす。

（おお……この甘味。喉が焼けつくような、まったりとした甘さ……！　なんて素敵……。甘味には、麻薬と同じような依存性があると聞いたことがあるけど、その説は正しいと思う）

などと考えながら、とろけるような甘味を利菜は堪能する。

そして、その晩はそれ以上の話はせず、食事は終わった。

＊　＊　＊

フォルテは自室でワインを飲みながら、月を見上げていた。

開けた窓から夜風が入り込んでいる。

「若様。ずいぶん綺麗なお嬢様を連れていらっしゃいましたね」

執事を務めている老紳士は、フォルテが生まれる前から屋敷に勤めていて、彼が最も信頼する男でもある。

「そうだろう？　俺も初めて見た時は驚いたよ。彼女は、大森林の湖で見つけたんだ。信じられるか？」

その時のことを思い出し、フォルテは少しだけ興奮した。

「……本当に、あの大森林には湖があったのですね。ただの、与太話だと思っていましたが」

「俺だって、そう思ってたさ。さほど興味があるものでもなかったしな。だが、彼女は確かに湖のほとりに横たわっていた。わかるか？　俺が何を考えたか」

「さあ？」

フォルテは唇の端を上げた。

「――湖の女神なのかもしれない。伝説は本当だった、だ」

「なるほど。どことなく浮世離れしたお嬢様です。若様がそう思うのも無理はありませんな」

執事はフォルテを茶化すことはしなかった。

誰も辿り着けない湖があって、そこに女神が住んでいるのだ、というまことしやかな伝説が大森林にはあるのだ。

「いや、本気で信じていたわけではなかった。なのに、つい、そう考えてしまったよ」

不思議な少女に、フォルテは心を奪われた。

それは恋情を伴(ともな)うようなものではないけれど、素晴らしい芸術品を目にした時と同じ――もしかしたら、それ以上の衝撃を受けたのだ。

「あの子は、美しいだろう」

「はい。人間ではないのかもしれませんね」

老執事は真面目な顔で答えた。

そう思ってしまうだけの特別な何かが、彼女からは感じられるのだ。長い間、裏の社会とかかわり続け、不思議な経験をしてきたフォルテたちだから嗅(か)ぎ取ったものかもしれない。

少女は十七歳だと言っていた。名前も聞いている。だが、それ以上彼女について教えてもらうことは、できなかった。

「黒い髪に黒い瞳の人種がいるのは、どこの土地だろうな?」

フォルテが知っている限り、帝都近隣には、その組み合わせを持つ人種はいない。

どちらか一つならばあるのだが、その両方を持っている人間は皆無(かいむ)といってもよかった。

「遠く離れた東の大陸に、そのような特徴を持つ民族がいるという話を聞いたことがありますが……」

少女も、遠く離れた土地から来たと言っていた。

「以前の世界には、そういった容姿の人種も多かったそうだがな」

この世界は、一度高度な文明が滅んだ後に生まれたそうだ。それは、子どもでも知っている。

かつての世界で、人類は現在の数十倍はいたと推測されている。

「消失した世界（ロスト・ユニバス）ですか」

「……お前は、そういった話が好きなんだっけ？」

「大好物でございます。浪漫（ロマン）ではないですか」

「そうか」

「ですので、お嬢様が湖に住む女神なのではという、若様の意見にわたくしも賛成でございます。そう考えた方が、とても面白い」

「まあ、どちらにしろ、拾ってきた責任は取らないとな。彼女の神秘的な美貌（びぼう）は、需要があるだろうしね」

フォルテは様々な事業を展開している。表でも、そして裏でも。

少女は美しい。若さもある。

自分ならば、彼女の望む就職先を見つけてやることができるだろう。

だがしかし、彼女の常識の欠如が、どうしても気にかかる。

本当に知らないのか、それともなんらかの理由があって知らない振りをしているのか。

振りならば、どんな事情があるのか、見当もつかない。

「そういえば、彼女はメイドに興味があるようだったな」

働いているメイドたちの姿をもの珍しそうに追っていた黒い瞳を、フォルテは思い出す。

「メイドは女性の憧れ（あこが）の職業ですからな」

「一般的なメイドなら、な」

帝都では、メイドには二種類ある。

――表と裏と。

この屋敷に勤めるメイドたちは、みんな裏のメイドである。

しばらく思考を巡らせ、フォルテは残りのワインを飲み干した。

「リナ嬢に確認してみよう。メイド職に興味があるのか」

「一般的な、ですか？」

「まずは、だ。裏は……才能がなければ、できない仕事だ。彼女は十七歳と言っていた。訓練を受けさせるには、少々遅い」

「……そうですね。しかし、森で倒れているお嬢さんを助けて面倒を見るとは、若様もずいぶんと道楽がお好きな方だ」

「女性には優しくするものだ。それに、身寄りのない女性の後見人になるのは、男の浪漫（ロマン）じゃないか」

「浪漫（ロマン）では仕方がありませんな。ふむ。確かに、あれほど美しいお嬢様は、この帝都にもそういらっしゃらないでしょう。身体に無駄な肉がついてないようでしたので、何か運動でもなさっているのかもしれませんね」

「運動か……」

「先ほどの話に戻りますが、彼女に才能があれば、育て上げるのも一興かと存じます」

「なるほど。ならば、彼女には白薔薇の園（メア・プリローズ）を受験させてみよう。確か、そろそろ願書受付の時期だっただろう。あそこなら、ピアニッシモ家の力が通用する」

「裏口ですか？」

「いや、きちんと受けさせる。落ちたら、落ちた時だ。まあ、表向きの受験はさほど難しいものではない。そうそう落ちることはないはずだ。折を見て、彼女にこの話をしよう」

「左様でございますね。若様。まずはお嬢様の星（アスターシェ）を調べてみては、いかがでしょう？　試験に合格できるか、ある程度わかるのではないか、と」

老執事の助言に、なるほどとフォルテは頷（うなず）き、蜂蜜（はちみつ）色の瞳を細めて笑った。

第二章　お嬢、試験を受ける！

フォルテの家に滞在して五日。利菜は毎日をつつがなく過ごしていた。

外出することはなかったが、彼の家の敷地はかなりの広さがある。初日に老執事が言っていたように、至るところに置かれた芸術品を鑑賞するだけで日が過ぎていった。

住むところも着るものも、そして食べるものまで提供された、何不自由ない生活。おまけに、専用のメイドたちがつけられるなんて……

「なんて、心苦しい」

自分に与えられている部屋の窓ガラスから庭先を見下ろし、利菜は小さな声で呟いた。

今日も利菜は新調された服を着ている。帝都で流行っている最新のデザインの服らしい。

利菜にはよくわからないけれど、メイドたちが、嬉しそうに教えてくれた。

初日に利菜の世話を焼いてくれた三人が、そのまま専属になっている。本人たちが希望してくれたのだそうだ。

不慣れなことが多いこの世界で、必要な時に誰かがそばにいてくれるのはとても助かった。

フォルテとは食事の時以外、顔を合わせることがない。多忙らしく、食事の時間にすらいないことがあるくらいだ。

この世界に来た当初は、正直どうなるかと心配していたけれども……思ってもみなかったいい暮らしをさせてもらっていた。タダで。何もしていないのに。

利菜には実家で大切に育てられていた自覚があるけれども、ここは自分の家ではないのだ。館の主であるフォルテは利菜の命の恩人であって、こちらが尽くすならばともかく、ここまでしてもらう義理がない。

何か恩返しができればいいのだが、館内で働くメイドたちを見ていると、自分が手伝ったら却って邪魔になり、足を引っ張るだけのような気がする。

「そろそろ、自分の身の振り方を本気で考えないと」

フォルテは、いつまでも館にいていいと言ってくれているが、そんなわけにはいかない。

(このまま安穏と暮らしていていいのか……？　ノー)

働かざる者食うべからず。

赤の他人の親切に甘えさせてもらっているだけでは、ごくつぶしである。

「これが世に言うニート……」

ハッと気付き、呟く。

正直、自分には一生縁のない言葉だと思っていたけれど……

(いや、それ以下だ。他人の家に上がり込んで好き勝手に暮らしているんだもの……)

ニートが迷惑をかけるのはせいぜい家族だけだろう。

だが、現在の利菜は明らかに、他人に面倒をかけている。

（これはどちからと言えば、ヒモ……？）

ヒモとは女性に生活の面倒を見てもらっている男性のことを言うのだが、今の利菜にはピッタリな言葉だった。

「しょんぼり」

口に出すと、余計に自分が情けなくなって、落ち込む。

完全に駄目人間ではないか。十七歳でこんな怠惰（たいだ）な生活を覚えてしまってどうするのだ。今の自堕落（じだらく）な生活を兄に知られたら……

『悪い子だね、利菜』

などと、怒られてしまう。

利菜の家は〝ヤ〟のつく自由業だが、真面目な兄は、だらしがないことを好まない。

「でも滅多に叱らない兄様が叱ってくれるのは、それはそれで……」

（悪くないかも……）

白い頬に手を当て、長いまつ毛をわずかに伏せる。

「……いやいや。駄目だ、しっかりしろ私」

兄に顔向けができないような生活はすまい。

ちょうどその時、ドアを叩く音が聞こえた。ドアから顔を覗（のぞ）かせたのはフォルテだ。彼と顔を合わせるのは昨日の朝食以来だった。

フォルテはドアのところで立ち止まり、動こうとしない。

「入ってもいいかい？」

そう律儀に聞いてきた。

この部屋は彼に借りているので、わざわざ許可を取る必要はないと利菜は思うのだけど、彼はいつもきちんと尋ねる。

利菜はフォルテに走り寄った。

「お帰りなさいませ、若様。どうぞお入りください」

「ただいま、リナ嬢」

他の使用人たちにならって、利菜もフォルテを「若様」と呼んでいた。「フォルテさん」と名前を呼ぶよりも、なんとなく「若様」呼びがしっくりとくるのだ。

フォルテも特に何も言わないので、そのまま呼び続けていた。

「今日は珍しく仕事を早く切り上げられてね。土産があるんだ」

スタスタとフォルテが部屋の中へ入ってくる。

彼は今日も仕立てのよいスーツを着ていた。相変わらず、黒い革手袋をはめている。

フォルテは大きな包みをテーブルに置いた。中には、大きな皿とその上にバレーボールくらいの水晶が入っている。

「これは？」

「ちょっとした遊び道具だよ。けれど、まだ明るいな……使うのは夕食の後にしようか」

「使う？」

首をかしげる利菜に笑いかけ、フォルテは部屋を出ていった。残された利菜はテーブルの上に置かれている不可思議な道具を見つめる。

しばしそうしていたものの、思いきって水晶の入っている器に近づいた。

トントンと軽く指先で水晶を叩いてみる。

「おや?」

(一瞬、光ったような……?)

もう一度叩くと、今度は何も起こらない。

先ほどのは見間違いだろうか。

こんな自堕落な生活を送っている上に、目までおかしくなるとは……

利菜は軽く頭を押さえて、ハアと息を漏らした。


「受験? 私がですか?」

その日の夕食の席で、フォルテが利菜に学校に通わないかという話を切り出してきた。

さっき部屋では気付かなかったが、彼の顔色はあまりよくない。仕事で疲れているのだろうかと利菜は心配になった。

今夜のメインは肉汁たっぷりの分厚いステーキだ。利菜とフォルテのステーキは、厚さも大きさも違う。利菜のは、笑いが出てしまいそうになるくらいに大きい。フォルテにも少し分けてあげようかと悩む。

利菜の食欲に合わせて、彼女の食事はかなり多く出されるようになっていた。

内容も素晴らしく、今日のステーキはナイフで切ると中から肉汁が溢(あふ)れてくる。ほんのりと赤みを残した焼き加減は絶妙で、かかっているソースも絶品だ。添えられた山盛りのマッシュポテトも美味しい。

もう少し食べないのですか、と利菜が聞いてみると、フォルテは首を横に振った。

「話を戻そう。ピアニッシモ家が経営に携(たずさ)わっている学園——メイドや執事を育てる専門学校があってね。白薔薇(メア・プリローズ)の園と言うのだが、近々願書の受付が始まるんだ。そこを受験してみてはどうかなと思って」

「……メイド」

「そう。帝都では、家庭教師に続いて女性に人気の職業だよ。メイドの職に就いていた女性は、結婚相手として望まれるしね」

フォルテは続けた。

結婚はどうでもいいとして、手に職をつけるために学校に入るというのは、悪い考えではない。メイドという職業に興味もある。

けれど利菜にはお金がなかった。

「でも、あの……入学金とか、そういったものの用意ができないので無理です」

「そこは気にしなくていい。奨学金制度がある」

奨学金があったとして、利菜が取れるとは限らない。それに、学費がどうにかなっても、生活費はかかるのだ。

そのことにフォルテが気付いていないはずがないのに、彼にはこれ以上の質問を許さない雰囲気があった。

利菜はフォルテの心遣いを汲み、口を閉じる。

「全寮制だから、長期の休みにならないと会えなくなるが……白薔薇の園(メア・プリローズ)は名門だ。卒業できれば、就職口に困ることはまずない。どうだ。受けてみないかい？」

メイドの仕事がいいなぁ、と思っていたものの、それを表情に出していたつもりは利菜にはなかった。それなのにフォルテに読まれてしまっている。我ながら修行が足りない。

「リナ嬢ができるだけ早く独り立ちしたいと思っていることは知っている。帝都は広い。探せば、仕事はあるだろう。だが、選択肢が少ない。おそらく、無茶な要求を呑まなければならないことが多いだろうし、理不尽な目に遭(あ)うこともある。特に君は若く、美しい。タチの悪いところだと、きっと……まあ……俺の口からは言えないような、あまり、よくないことが起こる」

ひどく言いにくそうに、フォルテは言葉を濁(にご)した。

つまりは、女性だからイタい目に遭(あ)いやすいと口にしたいのだろう。

「俺が就職先を見つけても構わないのだが、君には学習が必要だと感じている。君は帝都についての知識がなさすぎる。帝都だけではない、一般常識が足りないんだ。とはいえ、数日間君を見ていたが、決して知性に問題があるとは感じなかった。単純に学ぶ機会がなかったせいだと思う。勉強するなら、若い内がいい」

優しく、そして真剣な目が利菜を見つめていた。

「きちんとした教育を受けて、専門の知識を身につけ、名門の学校を卒業したというおまけがつけば、仕事を選べる。君は俺と出会い、こうして縁を持った。だから全面的に君をバックアップしよう。俺という強力なコネクションを利用し、チャンスを掴むといい」

「……チャンス」

ステーキを切り分けていた手を止めて、利菜は考えた。

肉汁で汚れている皿を見つめる。

フォルテの厚意を受けるか、否か。答えはすぐに出た。

「受けます」

与えられたチャンスを生かすも殺すも、自分次第。掴んだチャンスから手を離すのはもったいない。

「いつか、きっと……恩返しします」

今、利菜にはフォルテに返せるものが何もない。

だから、将来——近い未来、必ず働いて返すと約束した。

「それは、楽しみだ」

笑うフォルテの表情と口調は穏やかで、利菜の言葉を信じてはいないような気がした。でも、それはそれでいい。

利菜は自ら約束をした。それが大事なのだ。

「ええ、楽しみにしていてください。約束は、必ず守ります」

この先、必ず彼の役に立とう。

利菜は真っ直ぐにフォルテを見つめた。

「そうじっと見つめられると、照れるな」

フォルテは一瞬戸惑うように目を見開き、視線を逸らした。

「若様を戸惑わせるとは、なかなかやりますね、お嬢様」

老執事がホホホと笑いながらフォルテを茶化した。

とりあえず利菜はドヤ顔を決めた。


「さて、それではこれを使ってみよう」

夕食後、利菜とフォルテは利菜の部屋に集まっていた。利菜専属のメイドたちもそろっている。

「これ、なんですか？」

「まあ、見ていなさい」

フォルテが言うと、メイドの一人が水差しを持ってきて、深皿の中に水を注いだ。他のメイドがカーテンを閉める。

「それでは、明かりを消します」

残りの一人が部屋の照明を消す。部屋の中は真っ暗になった。

その内、深皿に入れた水がぼんやりと青白く光り始める。

「この水には、星（アスターシェ）が溶け込んでいる。特殊な加工をしていて、暗闇ではこうやって光るようになっているんだ」

星（アスターシェ）とは、確かこの世界でのエネルギーのことだ。ここでは、星（アスターシェ）が電気みたいに、様々なものを動かしているらしい。

「不思議な水なんですね」

「まあね。だが、水が本題ではない」

青白く光る器（うつわ）の周囲に、利菜たちは立っている。

フォルテの指示で、メイドの一人が水晶に手を触れた。

「祖（そ）は星（ほし）の瞬（また）き。力を示せ」

彼女は呼吸を整え、呟（つぶや）いた。すると、突如水晶が光り始め、パッと強く輝いたかと思うと、なんと天井にいくつもの小さな光の玉——星（ほし）を映し出した。

ちょっとしたプラネタリウムだ。

「綺麗ですね」

感想を漏らすと、フォルテが説明してくれた。

「これは、星（アスターシェ）を注入することで擬似的な夜空を作り出す、ロマンティックな道具だよ。恋人同士で見るのがお勧めだが、まあ……そうじゃなくても、なかなか楽しめる。俺は残念ながら星（アスターシェ）アレルギーで扱えないが、なかなか面白いものだろう？」

星（アスターシェ）アレルギーがなんなのかよくわからないが、なるほど。だからフォルテがやらずに、メイドの一人が代行したのか。

「リナ嬢。君もやってみないかい？」

「え？」

「大丈夫。何も難しいことはない。星は誰にでも備わっているし、この道具はごくわずかな星でも反応するように作られているんだよ。何せ、恋人同士のデートを彩るためのグッズだからね」

利菜は好奇心に押されて、メイドを真似して水晶に触れてみた。

「目を閉じて、意識を集中させる。後は呪文を唱えるだけだ。〝祖は星の瞬き。力を示せ〟」

フォルテのアドバイス通り、目を閉じ、意識を掌に集めた。無理に集中しなくても、自然と自分の内にある何かが水晶に吸い込まれていくような感覚になる。

「祖は星の瞬き。力を示せ」

言葉を紡ぐ。

閉じた瞼の向こうで、白い光が弾けた。身体の中を、何かが走り抜ける。

利菜はそっと目を開けてみた。

周りの全員が、驚愕の表情で固まっている。その視線を辿ると、天井一面に、星が瞬いていた。

先ほどのちょっとしたプラネタリウムとは、比べものにならない。流星群のように無数の光が闇の中を流れている。

綺麗だけど、ロマンティックを通り越して、怖いくらいだ。

「……なんか、さっきのとずいぶん違うような気がしますが……これでいいんですか？」

少々不安になってくる。もしかして、変なことをして水晶を壊してしまったのでないだろうか。

「……あ、ああ……いや。大丈夫。問題ない」

取り繕うように、フォルテが言う。メイドたちの顔も引きつったままだ。

目が合うと、ようやく動き出しホホホと笑い返してくれたものの、愛想笑いではないか、アレは。

利菜が水晶から手を離してもしばらく星は作られ続け、完全に消えたのは十五分ほど経ってからだった。

「これは君にあげるから、よかったら夜空を作って遊ぶといい。ハハハハハ」

そう言い残して、フォルテとメイドたちは部屋を出ていく。

不思議に思ったものの、綺麗なものは大好きなので、利菜はけっこう嬉しかった。

＊＊＊

リナの部屋を出て、フォルテたちは廊下を歩く。

しばらく全員が無言だった。自分たちの声が完全にリナに届かなくなる位置まで来て、ようやくフォルテは口を開く。

「見たか。あの星の量」

彼の心臓はまだバクバク鳴っている。

「見ました、若様」

「さすがに度胆を抜かれました」

「史上初の結果ではないですか、若様」

口調は静かだったが、メイドたちの瞳は興奮を隠せていない。

その場の全員が顔を合わせる。

「まさか、あれほどの星（アスターシェ）の持ち主だったとは！」

フォルテが息を大きく吐き出す。身体中の力を抜くためには、深呼吸の必要があった。

リナを緊張させたくなくてなんとなく黙っていたが、恋人同士のためのグッズだと説明したあの道具は、実は人の中にある星（アスターシェ）の量を測る測定器だった。

人間には誰しも、大なり小なり星の力が宿っている。

水晶体が映し出す小さな光球の量で、その人間が持っている星（アスターシェ）の量がわかるのだ。

なんの訓練も受けていない普通の人間があの機械から出せる光は、せいぜい十個程度のものだった。最初にメイドが作った光球は、一般的に見るとかなり多い量になる。

つまり、リナが作り出した光は尋常ではないほど多い。常識をはるかに超えていた。

天井一面を覆（おお）い尽くす光球など、見たこともなければ、聞いたこともない。

「お嬢様はなんの訓練も受けていないのですよね？」

「そのはずだが……」

メイドの問いかけにフォルテはぼんやりと頷（うなず）いた。半（なか）ば呆（ほう）けている。

なんとなく、彼女の持つ星（アスターシェ）の量は多そうだと思っていたのだが……

（それにしても、あそこまでとは。それに、水晶から手を離した状態で星を維持できる時間が長すぎるだろう……）

水晶から手を離せば、光は自動的に消える。普通の人間なら一分以内。訓練を受けていても、せいぜい三分から五分程度が関の山だ。

だが彼女は、その三倍の時間、星を維持していた。

素の状態であの量だとしたら、きちんとした訓練を受ければどうなるのか、恐ろしさを覚える。

フォルテたちはしばらく、廊下でうんうんとうなり続けていた。

「これは、本当に思わぬ拾いものをしたのかもしれないな。しばらくは本人にも星のことは秘密にしておこう」

フォルテは散々うなった後で、ようやくそれだけ呟いた

「白薔薇の園には、試験の結果がどうであろうと合格させるように、私から一筆書いておく」

彼女は金の卵だ。育てば、誰よりも優秀な手駒になるだろう。他にやるわけにはいかない。

白薔薇の園の運営にはピアニッシモ家が大きく関与している。

優秀な生徒は、卒業前にファミリーで確保していた。リナもそうするつもりだ。

白薔薇の園は外部との接触がほとんどない。あそこに入れれば彼女の存在を対抗組織に知られる可能性は低いだろう。万が一、情報が漏れても優秀すぎる教師陣が、彼女の盾になってくれるはずだ。

「彼女を他のファミリーにくれてやるな」

「はい、若様」

フォルテの命令に、ピアニッシモ家の優秀な使用人たちは頭を下げた。

＊　＊　＊

とうとう、受験の日になった。会場は、受験先である白薔薇の園（メア・プリローズ）だ。

利菜は会場まで車で送ってもらった。送ってくれたのは、専属メイドの一人だ。

よく考えれば、フォルテの家でお世話になってから初めて、敷地外に出る。

「お嬢様、大丈夫ですよ。若様もおっしゃっていましたが、受験自体はさほど難しくはありません。わたくしも白薔薇の園（メア・プリローズ）の卒業生ですが、受験で困った記憶はありませんもの。白薔薇の園（メア・プリローズ）はむしろ、卒業が難しいのですわ。卒業資格を得ることができず、毎年やめていく生徒が出ますの。基本的に、必要な単位が取れれば卒業できるのですが、それが大変なのです。ですので、卒業までにかかる時間は、個々で差がありますの」

「早く卒業できれば、その分、卒業までにかかる授業料が少なくて済むということですね！」

利菜は思わず、話に食いついた。

「参考までに、卒業にはどのくらいの期間がかかるものなんでしょうか？」

「そうですわね。あくまでも参考ですが、平均で五年程度だと思います」

「五年……」

利菜は今十七歳なので、仮に五年かかるとなれば卒業は二十二歳というわけだ。

「長期の休みにならない限り、基本的に学園外に出ることは許可されておりません。お嬢様と会えなくなるので、わたくしたちは寂しいですわ」

「試験はこれからですが、万が一合格したら、私はみなさんの後輩になるのですね」

「……後輩！」

後輩という言葉の何が彼女の琴線に触れたのか知らないが、メイドの声が弾む。後ろから見ていても、彼女のテンションが上がったのがわかった。

「ふふふのふ。卒業したら、先輩としてメイドのイロハをお嬢様に教えてさしあげますわ！」

先輩後輩になったら、もう『お嬢様』ではなくなるのではないかと思いながら、利菜は曖昧に頷く。

そうしてピアニッシモ家から一時間以上走って、ようやく車は目的地に辿り着いたのだった。


(忘れていた)

試験が始まってすぐ、利菜は固まった。

試験用紙に何が書かれているのか、さっぱりわからない。問題の意味が理解できない以前に、文字が読めなかったのだ。

誰と話しても問題がなかったのですっかり忘れていたけれど、利菜には識字能力が備わっていなかった。

読めないのはもちろん、書くこともできない。

おかげで、試験はすべて白紙で出すはめになった。

受付は、口頭で名前を告げるだけでよかったので、困らなかったのだが……

「フッ」

遠い目をして、ニヒルに笑う。

休憩時間になり、周囲を見渡すと、優秀そうなお嬢さんばかりだ。

みんな容姿が整っている気がする。

ふと、少し離れたところにいる、プラチナブロンドの髪を後ろに流した美少女と目が合った。

紫色の瞳が魅力的な、どことなく気位の高そうな娘だ。なんとなしに見ていたら、プイッとそっぽを向かれてしまった。

なんだかよくわからないが、嫌われてしまったらしい。

白薔薇の園(メア・プリローズ)は優秀な執事とメイドを育てる訓練学校で、卒業生はそろって一流の就職口に就けることで有名だ、とフォルテから説明を受けていた。

入学希望者には、利菜のような就職希望の人間の他に、礼儀作法を学ぶことを目的としている貴族の令息、令嬢までいるらしい。

入学は十歳から可能で年齢に上限はないが、十代、二十代の生徒が大半を占める。卒業生の中には、メイドや執事ではなく、一流企業社長の秘書になる者たちもいるそうだ。

そして、利菜にとって重要だったのは、学費を卒業後の支払いにすることができ、特別に優秀な成績を収めれば、無料になることだった。

フォルテにおんぶに抱っこ状態で甘やかされていることに後ろめたさを感じている彼女には、授業料無料の可能性があるのは願ってもない話だ。

(なのに……)

ペーパー試験で、利菜の心はポッキリと折れていた。まだ試験は終わっていないけれど、利菜の中ではもう終わったといっても過言ではなかった。

白紙で合格するわけがない。

「……やっぱり肉体労働を探そう……ガテン系ならお任せあれ……」

午前中の試験をすべて終え、利菜はかなり落ち込んでいた。

昼食は各自自由に取るようになっており、庭で様々なランチ用のワゴンが受験生に無料でサンドイッチなどを振る舞っている。

利菜もしっかりサンドイッチと飲みものを確保したが、食欲はあまりない。

せいぜい食べられて、三人前程度だ。いつもならば、五人前は軽いのに。

「さっきの試験どうだったー？」

「まあまあかなぁ？　全問は無理だけど、たぶん合格ラインは越えてると思う」

「割と簡単だったよねー」

「試験と言うからどんなものかと思ったら、一般常識程度じゃないですの」

近くで食事を取っている少女たちの会話が耳に入ってくる。

白薔薇の園(メア・プリローズ)は男女共学だが、メイド学科と執事学科で敷地が分かれていて、受験会場も男女で別だった。

だから、この周辺にいるのはメイド学科を受けにきた少女たちだけだ。

「午後の実技、頑張らないとね」

「体力測定って、どんなことやるのかしら?」

少女たちの会話は、すでに午後からの受験に話題が移っていた。

話を聞きながら、利菜はロングバケットのサンドイッチをもそりと食べる。

午後の試験は実技だと聞いていた。

メイドの実技だ。きっとお茶を淹(い)れたり、お裁縫をしたり……とにかく家庭的な試験に決まっている。

サバイバル生活は得意でも、家庭的なことは何一つまともにできない。そんな利菜が、実技で高得点を取れるとは思えなかった。

やらなくても、結果はわかりきっている。面接も……あまり自信がない。

利菜は自分が愛想に欠けていることを自覚していた。

最後にある体力測定だけは自信があるものの、それ一つで他の試験の結果を覆(くつがえ)せるわけがない。

終わった。あれだけフォルテたちから『簡単だから問題ない』と言われていたのに。

「落ちました。白紙で出したから」

そう言ったら、フォルテはどんなにガッカリすることだろう。

利菜は昼食を食べ終え、ふうと大きく息を吐いた。


案の定というか、予想通りというか——

「ふ……想定内だったさ」

お茶淹れ、給仕、掃除、洗濯、会話術。すべて、その場で不合格を宣告された。

特にお茶淹れの試験では、利菜の茶を飲んだ試験官が全員卒倒してしまい、一時、試験会場が混乱に陥ったほどだった。

その後の試験は、新しい試験官と入れ替わったのだが……

何がいけなかったのだろう。フォルテの館でメイドたちが淹れてくれていたのを思い出しながら真似してみたのに、どうしてあんな阿鼻叫喚になったのやら。

面接も似たようなものだった。

この世界の知識に乏しく、コミュニケーション能力が低い利菜に、面接を乗りきる力はなかった。

不合格が決定的になった利菜は、いたたまれなくなり、校舎から出た。そして玄関の近くにある花壇の前に体育座りをし、白線が綺麗に引かれたグラウンドを見る。

「広くて綺麗な学校。……グラウンドは見慣れた感じで、逆にびっくりしたけど……」

広大な敷地内に、ゴシック建築に似た背の高い校舎がいくつも建っている。建物はすべて白を基調としており、敷地を囲んでいる塀も白。壁には白薔薇が群生しており、緑色の葉とつるが白い壁と鮮やかなコントラストを描き出していた。

この学園では至るところに白薔薇（しろばら）が植えられている。受験生たちの噂によると、その数は百万本を超えているそうだ。

白薔薇の園（メア・プリローズ）と名がついているだけはある。

ランチを取った庭園の薔薇（ばら）も、それはもう立派だった。

「あ、あの、次の試験に遅れてしまいますよ？」

小刻みに震えた声が、後ろからした。自分に話しかけられているものだと判断し、利菜は振り返る。
十二、三歳くらいの小柄な少女が、もじもじと両手の指先を合わせながら立っていた。身長は百四十センチあるかないかだろう。灰色の髪をボブカットにし、瞳は緑色をしている。鼻先にそばかすがある、かわいらしい少女だ。
彼女は、小動物のように震えている。白い頬を真っ赤に染めて利菜の顔を凝視していた。

「次の試験。ああ、体力測定だっけ？」

「え、ええ」

体力測定を受けたところで、他が悪すぎて受かるわけがない、などと思っていたのだが、わざわざ声をかけてくれた少女の親切を無下（むげ）にするのは悪い。

（受けるだけは受けておこうか）

このまま帰ってしまおうと考えていた利菜は思い直して、腰を上げる。

（体力測定か……）

他の試験に比べたら圧倒的に自信がある。身体能力ならば、他の受験生たちに引けは取らないはずだ。

服についていた泥を払い落として、少女の顔を見た。

くりっとした丸い瞳がかわいらしい。なんとなく、庇護欲(ひごよく)をそそられる。

「あの……一緒に行ってもいいですか?」

少女は小さな声で言った。

「構わないけど。私も一人だから」

体力測定は、校舎から少し離れたところに建っている体育館で行われることになっていた。

最初に受付で渡されたパンフレットにそう書いてある――らしい。

利菜は文字が読めないので、パンフレットを開いていなかった。この少女が声をかけてくれなかったら、次の試験を受けるつもりがあっても、困っていたに違いない。

「そういえば自己紹介がまだだったね。私は、リナ。リナ・カイドウ」

「わ、私はメイ・ブロッサムです」

体力測定の会場に移動しながら、簡単な自己紹介をする。

先を歩いていた利菜であったが、すぐに目的地がわからなくなり、少女に案内してもらうことになった。

その途中で、なんとなく身の上話を始める。

「私は両親がいなくて……教会でシスターたちに育ててもらったんです。この学園に入学できれば、いい働き口が見つかって、お世話になったシスターたちに恩返しができるんじゃないかと思って……。それに、教会には小さな子たちが一杯いますから……少しでも、助けになりたくて……」

「私と似てる。恩を返したい人ができてしまったんだ。それに、自分だけで生計が立てられるようになりたい。あと、私は田舎生まれで学がないので、色々と学びたいことがある」

「お互い、合格できるといいですね」

「……そうだね」

メイの今までの成績は知らないけれど、少なくとも自分の成績よりはマシだろう。

試験の出来栄えを、さりげなく聞き出してみる。

「試験は、一応、全部解答しましたけど……自信はありません」

「全部埋めたのか」

白紙の上、無記名で出した自分とは大きな違いだ。

「リナさんは？」

「聞かないで」

白紙解答など、おそらくこの学園ができて以来、初めてじゃなかろうか。

ちなみに、利菜はこれまで学校の試験に困ったことがさほどなかった。

元々苦手ではなかったし、何よりも勉強好きの兄に褒(ほ)められたくて、毎回いい点が取れるように頑張っていたのだ。

今日の試験の結果を、もしも兄が知ったらどうするだろう。怒るかもしれない。

いや、あの兄のことだから「ロックだね」と言って、面白がってくれるような気もする。

そんなことを考えているとメイが足を止めた。

「あ、ここです」

小さな体育館を指差す。

磨かれた板張りの床に、土足で入っていいものか二人で悩んでいると、近くにいた女性試験官が体育館用のシューズを出してくれた。

ピタリと自分たちの足のサイズに合っている。しかも、底が厚く室内履きにしては造りがしっかりしていた。これならば、野外で使用しても問題なさそうだ。

受験生全員に用意しているのだとすれば、ずいぶんと気前がいい。

「あなたたち、体力測定を受けるのよね。名前は？」

シューズを出してくれた女性が聞いた。

彼女は三十歳前後といったところか、小柄で癖の強い栗色の髪をボブカットにしている。猫のような勝気な瞳が魅力的な美人だ。

「リナ・カイドウです」

「……メイ・ブロッサムです」

二人が順に名乗ると、試験官は名簿で二人の名前を確認した後、おもしろがるような視線を利菜に向けた。

「なるほど。あなたが……」

それ以上何も言わずに、彼女は受付を済ませてくれる。

「私は、この測定を担当するサーシャ・スコットティーです。さあ、他の受験生たちはもう中にいるわ。早く入りなさい」

体育館の中は特にかわったことはなかった。日本の学校にある体育館とさほど違いがない。

よく見ると、床に白いテープで円状のレーンが引かれている。おそらく、一周で百メートル程度の大きさだろう。

その近くに二百人くらいの受験生がいた。

休憩時間に目が合ったプラチナブロンドの美少女もいる。全員動きやすい格好だ。

利菜も比較的軽装で試験会場に来ていた。体力測定があることは予め(あらかじ)知らされていたからだ。

「十分あげるから各自、準備運動をしなさい。準備運動は大事よ」

受付をしてくれた試験官――スコットティーの言葉で、それぞれが簡単に身体をほぐし始めた。

利菜とメイもストレッチを始める。他の受験生たちが軽く身体を動かす中、利菜たちはグイッグイッと筋肉を伸ばし、本格的に準備体操をした。

「準備運動は大事」

「大事ですよね」

二人の意見は一致していた。

午前中がペーパー試験で、午後は実技と面接。自覚がなくても、身体は強張(こわば)っているはずだ。十分に温めておかないと、怪我をする。

受験生たちがある程度準備体操を終えた頃、スコットティーがパンと両手を打った。

「みんな注目！　それでは、簡単に説明するわね。全員、床を見て。白い線が引いてあるわね。この白いレーンに沿って百周、走ってもらうわ。単純でしょ？　走り終えたら、試験は終了。体力測定だからね。自分が走れる限界まで走りなさい。リタイアする者は、そう申請するように。倒れるなら、元気な内に倒れなさい」

「百!?」

誰かが素っ頓狂な声を上げる。

百周という数字に少女たちがざわめき始めた。一周が百メートルとして、百周ならば十キロ程度。

正直、利菜にとっては大した距離じゃない。

中学校に上がってから、年に二度ほどフルマラソンに参加させられている利菜からすれば、お散歩コースだ。

けれど、周りの少女たちは戸惑っているようだった。中には、走りきれなそうな感じの子もいる。

「ここを百周……なんとか、できそうです」

やや不安げに、メイが言う。

この小さな身体で十キロはなかなかハードだろうと利菜は思った。

「あまり無理しない方がいいよ」

「はい。ありがとうございます。それにしても、百周というのは……この人数で走ると、大変そうですね。何周走ったかわからなくなりそうです……」

「そうだな」

利菜とメイがそんな話をしていると、「ハイ！」と透き通るようなソプラノの声が響いた。利菜を含めた受験生たちが声の主に注目する。スコットティーも、視線を向けた。

全員が見つめる先に、高々と挙手した少女が立っている。例の、プラチナブロンドの美少女だ。

「質問してもよろしいでしょうか？」

「ええ、構わないわ」

「では失礼しますわ。各自、百周とおっしゃってましたけれど、それは誰が数えているのでしょうか？　この場には二百人程度いるようですし……」

「それは、各自で数えてもらうわ。自分で百周走ったと思えば、走り終えていい」

スコットティーの言葉に、再びざわめきが起こる。走りながら正確に自分の走った回数を覚えているのは大変だ。それにこのやり方だと、百に達していなくても百周走ったと言い張れば、通ってしまうことになる。

「他に質問がないんだったら始めるわよ」

「ちょ、ちょっと待ってください。それでは、不正をする者があらわれるでしょう」

「別に構わないわよ。ただ、本気で合格したいのなら、きちんと真面目に走りなさい」

それ以上の質問をスコットティーは受けつけてくれなかった。

スタートラインに、約二百人が並ぶ。

窮屈というほどではないものの、何も全員で走らなくても……と、おそらくこの場にいるほとんどの受験生たちが思っているだろう。

「それでは、スタート！」

スコットティーのかけ声で、単純かつ割とハードな体力測定が始まった。

「が、頑張りましょう」

「うん」

利菜とメイでは走る速度が違いそうだったため、最初から別々になった。

利菜は流す程度の気持ちで、気軽に走る。

どうせ不合格は目に見えていた。利菜が体力測定を受けたのは、声をかけてくれたメイの親切に応えるためだ。

それに、ずっと館内で過ごし多少の運動不足を感じていたので、ちょうどいい。久しぶりに身体を動かすのは心地がよかった。

無理のない速度でジョギングする。

それでも、利菜の速度は他の少女と比べると速く、他の受験生たちが半周終わる前に、一周を走り終わる。

一人だけまったく違う速度の利菜を、スコットティーはわずかに口角を上げて見ていた。

当然、利菜は誰よりも早く百周を走り終える。

「終わりました」

呼吸を乱すことなく、スコットティーに申請した。

「そう。お疲れ」

「いえ」

利菜はメイを待ちながら、他の受験生たちが走る姿を眺めた。

ただ、身体が小さいために歩幅が狭く、他の少女たちより多く足を動かさなければならないようだ。

利菜ほどではないが、メイもなかなか速い。

そうはいっても、おそらく次にゴールするのはメイになるだろう。

もう一人、なんとなく気になっている少女がいるので、利菜はそちらを見た。プラチナブロンドと紫の瞳を持つ、例の少女だ。

彼女は人形みたいに可憐な少女だった。同性とはいえ、目の保養になる。

他の少女たちもそれぞれ容姿が整っているけれど、彼女の女神みたいな美しさは飛び抜けていて、見ていて飽きない。

あまり運動が得意ではないのか、それとも身体を動かすような環境で育っていないのか、彼女は崩れたフォームでトタトタと走っている。ちょっと完走するのはきつそうだった。

「ハァハァ……。お、終わりました、百周……」

「走りました……。ハァハァ……、死ぬ……」

そうこうしている内に、幾人かが、走り終えたとスコットティーに申告し始めた。

「おや？」と、利菜は心の中で呟く。

残りの集団の中で、一番速いのはメイだ。そのメイはまだ走り続けている。メイよりも早く走り終える人がいるわけがないのに……

「そう。ご苦労様。休憩していいわよ。なんなら、帰ってもいいわ」

それに気付かないのか、スコットティーは受験生たちをねぎらう。ニッコリとした微笑みつきだ。自分の時はもっと素気（そっけ）なかった……

アレか。白紙で答案を出してしまっていることが、もうバレているのか。きっと、そうに違いない。

けれど、その受験生たちが体育館を出ていくのを見送った途端、スコットティーは鼻を鳴らす。

「七十二周を百周だなんてよく言えたものだわ。そう思わない？」

同意を求められ、利菜は舌を巻いた。

（参った。この人……）

「……しっかり、全員の周回を数えているんですね」

「数えないとは、言ってないわ」

これだけの人数の周回を正しく数えているなんて、只者（ただもの）ではない。

先ほど帰っていった受験生たちは、一人の試験官が全員をチェックすることなど不可能だと踏んだから、ズルをしたのだ。

「ちなみに、あなたと一緒にいた小さな子。あの子は今、八十九周よ。あのペースなら、問題なくゴールできるでしょうね」

続けて、数人の周回数をスコットティーは教えてくれた。

「ねえ。あなた、なんで答案を白紙で出したの？」

「……文字が読めなかったもので。問題がわからなかったんです」

「なるほど」

走っている受験生たちを眺めながら、スコットティーは、「へー」と気のない声を漏らした。

あまり興味がなかったのかもしれない。

それ以降、特に会話もなく時が過ぎた。ハアハァと呼吸を乱したメイがやってくる。

「……おわ、おわ……終わりました……」

頬が真っ赤になっている。一気に汗が噴き出したようで、ポタポタと汗を流していた。

「お疲れ。水分補給しときなさいよ」

「は、はひぃ」

体力を使い果たしたメイは、肩を大きく上下に揺らしながら答える。もう動けそうにない。

「メイ。少し待ってて。飲みもの、持ってくる」

利菜は言い残して、体育館の外に出た。ここに来るまでに飲みものを扱っているワゴンを見かけている。受験生は無料で利用できるので、自分の分とメイの分を受け取り、再び体育館へ戻った。

中に入ると、状況が少しかわっている。

走っている人数が減っているのだ。チラホラと完走する者が出てきたにしても少ない。

「……死ぬ……無理」

「………もうやだ……走りたくない……ギブ」

どうやらリタイア組が出てきたようだ。汗をびっしょりとかき、ゼーハー言いながら棄権していく。

最初のズルをした者たちと比べて、リタイア組はある意味で潔(いさぎよ)く、正々堂々としている。

それから一時間くらいしても、まだ走っている受験生はいた。利菜が気になっているプラチナブロンドの少女も、ヨタヨタと走り続けている。

「本当に無理なら、リタイアしなさいよー」

スコットティーが声をかける。走者が一人になった。

今にも倒れそうになりながら、最後にゴールを切ったのは件(くだん)のプラチナブロンドの少女だ。彼女はゴールと同時に倒れてしまう。

利菜は少女を保健室に運ぼうと思った。場所はわからないが、学校なのだからそのくらいはあるだろう。けれど、利菜が少女のもとに行く前に、スコットティーが少女の横に膝(ひざ)をつき、容態を確かめた。

「頑張ったわね。その根性は認めてあげるわ。負けず嫌いなのかしら?」

スコットティーは少し笑い、倒れた少女の身体に手を翳(かざ)した。ぼんやりと、彼女の手が淡く光る。

体力を使い果たし、紙のような顔色になっていた少女の顔に、徐々に赤みが戻っていく。

「あれも星(アスターシェ)の力なの?」

利菜が横にいるメイに尋ねると、メイはキョトンと目を丸くして首をかしげた。

「あれって……なんですか？」

「いや、あの試験官の手から出てる光」

「え？」

何を言われているのかわからないといった風に、メイは困惑している。

「光って、ますか？」

「光ってないか？」

どうやら光って見えているのは利菜だけらしい。利菜も首をかしげた。

「私にはわかりませんが……星（アスターシェ）は、人によっては治癒能力として使えるはずですよ。実際、上級医院には星（アスターシェ）を治療に使う専門の人たちがいますから」

重傷者を治療できる特殊な医院では、そういった能力を有する職員がいるのだとメイは説明してくれた。ただ、治療費が普通の病院の数倍もかかるので、一般庶民が気軽に利用できるものではないらしい。

「とても貴重なので、いくら白薔薇の園（メア・プリローズ）でも、治癒能力がある人が教員になるとは、少し考えにくいです」

星（アスターシェ）を治癒能力として使えるのは、極めて能力が高い人だけなのだそうだ。そのような人材が、学校教員をしているはずがないと、メイは言う。

メイの説明に納得したものの、それでも自分の目には光って見えるのになぁ……と、利菜はぼんやり思っていた。

体力測定で終わりと聞いていたのに、最後にもう一つだけ試験があった。

受験生の一人一人が順番に教室へ呼ばれる。

「どうやら、中で星(アスターシェ)の計測をしているみたいですね」

「みたいだね」

先に入っていった受験生たちの話からなんとなくそれがわかった。

しばらくしてメイが呼ばれ、メイが終わると入れ違いに利菜は教室に招かれる。

中はこぢんまりとした簡素な作りになっており、この受験中に何度か顔を見た教師が三人、椅子に並んで座っていた。

女二人に、男一人。女性の一人はスコットティーだ。

入室後、利菜は三人の教師に向かって一礼した。高校受験を思い出し、指示があるまで礼儀正しく立っている。

教師陣の前にはテーブルが置かれ、その上には地球儀に似た丸いガラスの球体が置かれていた。

以前、フォルテからプレゼントしてもらった、プラネタリウムを作る道具になんとなく似ているような気がする。この世界の人たちは、透明な球体が好きなのだろうか。

「名前をどうぞ」

くせ毛のスコットティーが促(うなが)した。

「リナ・カイドウです。よろしくお願いします」

はっきりとした声音で、利菜は名乗る。真面目な表情を作りながら、内心ではどうしたものかと悩んでいた。

利菜はこの世界に来るまで、星(アスターシェ)という存在自体、まるで知らなかったのだ。フォルテたちとの会話の中に当然のように入ってくるので、なんとなく、そういう名前のエネルギーか何かだと理解しているだけ。

(誰にでも多少はあると聞いているものの……)

それはあくまで、この世界の人たちのことだ。姿形に違いはないとはいえ、利菜はこの世界の住人ではない。

そんな自分に星(アスターシェ)なるものが宿っているのか、疑問だ。

「わたくしの名前は、マーガレット・オブライアン。わたくしから簡単に説明するざます。そこのテーブルの上に置いてある測定装置に手を置くざます。手を置けば自動的に装置が星(アスターシェ)の量を測ってくれるざますから、こちらがよいと言うまで、手を置いておくざます」

金髪を頭上でグルグルに巻き、赤い縁の眼鏡(めがね)をかけた気難しそうな女教師がきびきびと説明する。

雰囲気からそれなりの年齢なのかと思えば、よく見ると割と若い。どうやらまだ二十代のようだ。

それはさておき、あの球体に手で触れるとなんらかの変化が起こるということだろう。

なるほど。とても簡単だ。

「……あの、差し支えがなければ、どういった変化が起こるか聞いても?」

「手で触れれば、玉が光る。その光り具合で、こちらが測定する。どのくらい光ればいいかは言えないが、まあ……この測定の結果はさほど気にしなくてもいい。訓練を受けていない状態なら、そんなに個人差が出るものじゃない」

全身黒ずくめで背の高い男性の試験官が教えてくれた。彼はクスミ・チェルターというらしい。

チェルターは気軽に言うが、利菜は心底自信がなかった。覚悟を決めて、測定装置とやらに触れてみる。

途端――

パン!!

破裂音が響き、測定装置は無残にも粉々に飛び散った。

「は?」

誰かの気の抜けた声が漏れる。利菜もビックリしたが、教師陣も信じられないような表情で、粉々に砕け散った装置の残骸を見つめた。

沈黙が教室内を襲う。誰も、口を開かない。

利菜は固まっていた。自分が何かヘマをしたのだろうか。

(手で触れたら光るだけだって言ったのに!)

まさか、粉々に弾け飛ぶなんて思わなかった。

「……あの、どうすれば?」

測定装置に手を触れた時の形のまま硬直していた利菜が、一早く復活した。戸惑いながら教師陣に尋ねる。

利菜の声を受けて、ようやくスコットティーが口を開く。

「えっと、あー……あの、怪我はない？」

「ええ。大丈夫です」

驚きはしたものの、怪我はしていない。

見ると、装置は粉雪のように粉々になっていた。つい先ほどまで形があったことが、不思議なくらいだ。

「装置にトラブルでもあったのだろうか」

「……さあ。星（アスターシェ）の量が許容範囲を超えて、装置にヒビが入ったことはあったざますけれど」

「……そうね」

「粉々になるなんて聞いたことないざます」

「……とりあえず、もう一つ持ってこよう。予備があったはずだ」

測定のやり直しをすることになり、チェルターがもう一つ同じものを持ってきた。

だが――

パリン。

「…………」

「…………」

「…………」

「…………」

またしても、測定装置は砕け散った。粉雪再びである。

全員が無言だ。

利菜も、どうすればいいかわからなかった。

教師たちは冷や汗を流しながら、目配せし合っているだけだ。

「……なんか、壊してすみません」

「いや……うん、気にしないで」

謝ると、スコットティーが呆然としたまま答えた。

＊　＊　＊

数時間後。

試験官控室と書かれたプレートのついた教室にチェルター、マーガレット、スコットティーの三人が集まっていた。

「ペーパー試験に大きな点数の開きはないようだな。数人、飛び抜けている者がいるが……なるほど今回は良家からの入学希望が多いようだ。ま、彼らがこちらのクラスに回ってくることは、まずあるまい」

チェルターの重低音の声が響く。撫（な）で上げた黒髪に、鋭い灰色の双眸（そうぼう）。全身、黒を基調とした衣服で包んでいる。

「……む。一人満点を出している生徒がいるな。特に薬草学の知識が素晴らしい」

彼の唇から賞賛の言葉が漏れた。

机の上に重ねているのは、今日の試験の答案用紙だ。受験生の履歴書が添付され、プロフィールがわかるようになっている。

「紙の試験はしょせん、常識問題。一般常識に毛が生えた程度の知識があれば、半分以上は解ける問題ばかり。体裁を整えるためだけのものだもの、大した価値はないわ。私たちにとっては、ね」

スコットティーは答案用紙から目を逸らした。

「反対に、一人名前すら書いていないふざけた者がいたざますわね」

かけている眼鏡を指で神経質に上げながら、マーガレットが言う。

白紙の答案用紙に、三人の視線は集中した。

その答案用紙は、潔いまでに真っ白だ。氏名すら書いていない。

「リナ・カイドウか……。白薔薇の園の校舎内に入りたかっただけの物見遊山とは思えないが……」

「文字が読めなかったそうだけど……。それにしたって、名前くらい書いてもいいものだと思うけどねぇ」

「白薔薇の園を舐めているんざます」

チェルターは、解答用紙に添付されている履歴書を手に取り、リナの身もとを確認する。

「……興味があるのね」

「ないとは言わない。お前もだろう」

「まあね。だってあの星はすごかったし」

あの星測定装置が割れるなど、前代未聞のことだ。今まで、最高でもヒビが入る程度だった。それほどリナ・カイドウの星の量は多い。

ちなみに、装置にヒビを入れた生徒はマーガレットとスコットティーだ。

チェルターとスコットティーは視線を合わせると、無記名の答案用紙と履歴書を照らし合わせた。

「そして、ドン・ピアニッシモから推薦を受けている」

その名前を言いながら、チェルターは眉間に皺を寄せた。立っているだけで暗殺者に見えると評判の顔が、さらに怖くなっている。

履歴書には、ピアニッシモ家の若き当主のサインがされていた。

「なるほどねぇ。ピアニッシモの若君からの推薦持ちかぁ。それにしても無記名無回答？　試験なんて受けなくても入学させられるとか、若君は勘違いしてるわけじゃないわよね？」

スコットティーの声に、明らかな苛立ちが混ざる。

試験を舐めている程度ならばいいが、権力を行使しようとしているのだったら、それ相応の対策を考えなければならない――そう、彼女の表情は語っていた。

普段は悪戯を思いついた猫のように明るい瞳に、物騒な色が灯り始める。

「まあ、実際……ピアニッシモ家の圧力がかかれば、どんな結果だったとしても合格させねばならないがな。上の年寄りどもが、ピアニッシモ家に抵抗することなどないだろうから」

「表側のクラスならば、どのような受験生であっても合格させるのに問題がないのざますがね。わたくしたちには、関係のない話ですもの」

　マーガレットがため息をつく。

　ちなみに彼らが年寄りどもとぞんざいに扱っているのは、学園の偉い人たちである。

「さすがに無回答の上に無記名というのは……真面目に受けている他の受験生たちを馬鹿にする行為ざます」

「そうねえ。マーガレットに同意するのは癪(しゃく)だけど、正直、面白くないわ」

「ドン・ピアニッシモの推薦を受けている娘だ。伊達(だて)や酔狂(すいきょう)で、あの若君が後ろ盾になると思うか？　ドン・ピアニッシモはここ数日、謎の少女を屋敷に囲っているらしい。おそらく、この少女のことだろう。あれほどの星(アスターシェ)の持ち主、どこで見つけてきたんだろうな」

「相変わらず、情報通ですわねミスター・チェルター」

　自分たちが得ていない情報を、彼が先に把握していることは、今までもままあった。

「どちらにしろ、この娘の合格はすでに決まっている」

　それは事実だった。ピアニッシモ家の次期当主の希望とは、すなわち決定事項なのだ。

「権力者に逆らえないのが、雇われている身の哀しいところよね」

「裏口入学など、言語道断(ごんごどうだん)ざますのに」

　女性二人は、利菜の入学に難色を示すが、上からの命令には逆らえない。

　あきらめたようにスコットティーとマーガレットが息を吐いた。そんな女教師たちを、チェルターは口角を上げて見る。

「何より、育ててみたくないか？」

「何が？」

「何がざますの？」

チェルターの言葉に、女たちは首をかしげる。

「自分たちを超える星(アスターシェ)を持つ娘」

マーガレットとスコットティーはそろって口を閉じ、視線を合わせる。そして、白紙のままで出された解答用紙を見つめた。そこに、件(くだん)の少女がいるかのように。

ピアニッシモ家の若君はただあの美少女に籠絡(ろうらく)されただけなのか、それともあの少女は彼が見込んだ通りの逸材なのか。

決定事項は決定事項として——楽しみでないはずがない。

チェルターは唇の端に薄く笑みを浮かべる。

「さて、リナ・カイドウが入学してくるのを待とう」

教師三人は悪い顔になった。

＊　＊　＊

「おお」

合格通知書を受け取った利菜は、フォルテの館の食堂でそれをマジマジと眺(なが)めていた。

いつも食事する時に座っている席に腰を下ろすと、利菜の世話を担当しているメイドがお茶を持ってくる。

まったくもってさっぱり、なんと書いてあるのかわからないけれども、紙には【合格】と書かれているらしい。

合格できるとは欠片も思っていなかったので、ことのほか嬉しい。

「しかし、まさか文字の読み書きができないとはな」

苦笑いを浮かべながら、フォルテが言う。

帝都では、十歳以上の識字率は百パーセントに近く、利菜が文字が読めないとは考えもしなかったそうだ。

実は先ほど、白薔薇の園から届いた封書をメイドから受け取り中を開いたものの、利菜はしばらく難しい顔をして黙り込んでいた。それをたまたま通りかかったフォルテが不審がり、どうしたのかと尋ねて、ようやく彼は利菜に識字能力がないことを知ったのだ。

それも仕方がないかもしれない。

フォルテは色々と仕事が忙しいようで、利菜が起きている時間にこの館に戻ってこない日が多い。

そのため利菜に識字能力がないことに気が付かなかったのだ。

当然、フォルテについて利菜が知っていることもそう多くない。

わかったのは、公園の鳩に餌をやるのと同じ感覚で人間一人を養える財力があること。メイドと執事に、とても好かれていること。物腰が柔らかいこと。オシャレなこと。やや仕事中毒なこと。

そして——その仕事というのには、おそらく秘密があるだろうということ。

いくら貴族とはいえ、フォルテは金まわりがよすぎるような気がするのだ。その上、フォルテからは祖父や父と似たにおいがいした。

彼をそんな風に思っていることなどおくびにも出さず、利菜はフォルテに答える。

「おかげで、筆記試験はすべて白紙で出しました」

識字能力については、利菜自身がすっかり忘れていたことだった。試験の答案用紙を配られて初めて、その事実を思い出したのだ。

兄に、利菜は抜けているとよく言われていたのだが、確かに割と抜けている。

「君の住んでいる村では、どうやって手紙のやり取りをしていたんだい？」

「そんなもの、お互いの顔を見てしゃべれば済む問題ですから」

平然と答えると、利菜の後ろで待機していたメイドたちが小さく噴き出した。けれど、すぐに澄ました顔で何事もなかったかのように振る舞う。

「こちらにお世話になってから、お屋敷から出ることがなかったので……」

街に出ていれば、自分が文字を読めないことを思い出したかもしれないが……

「白薔薇（メア・プリローズ）の園で、文字を教えてもらうといい。それに淑女教育もされるはずだから、きっと卒業する時には、今よりもさらに素晴らしいレディに成長しているはずだよ。ダンスを覚えたら、ぜひ、俺とも踊ってほしいな」

「頑張ります」

利菜は自分の卒業を楽しみにしてくれるフォルテのために、努力だけはしようと思った。

「若様。リナお嬢様の入学のお祝いパーティーをいたしませんと」

フォルテの斜め後ろから、穏やかな声で老執事が進言する。

「確かにそうだ。俺は一緒にいられるかわからないけれど、盛大に祝おう。何か欲しいものはあるかい？」

「美味しい食べものが欲しいです」

いえ、そんな。お祝いだなんて！　と遠慮することを、フォルテという男は好まない。それをすでに知っている利菜は、ご飯をくださいと素直にねだった。

利菜はドレスや宝石に大して興味がない。綺麗だなと思う心はあるものの、欲しいとは思わないのだ。

「相変わらず、君は食べることに関しては熱心だね」

フォルテは笑う。

「しかし、できれば何か形にしてお祝いしてあげたいんだけどな」

そう言われて、利菜は困った。

今でも十分すぎるほど、お世話になっている。

そうでなくても、食べもの以外のおねだりのレパートリーが利菜にはなかった。

利菜の困惑を察したメイドたちが助け舟を出す。

「若様。リナ様は、かわいらしい小物がお好きですわ」

「それから、ふわふわしたぬいぐるみも」

「お色は桃色がお好きです」

本人以上に利菜の好みを把握しているメイドたちが口々に言う。

確かに利菜は、そういったものが好きだ。

自分にはあまり似合わないと思っているので数は多くないものの、日本の自室にはぬいぐるみを置いていた。

世間話程度に、自分の好みの話をしたことがあったが、彼女たちはそれをきちんと心に留めておいてくれたようだ。

「それはずいぶんとかわいらしい趣味だね。じゃあ、とても大きな桃色のぬいぐるみをプレゼントしよう」

フォルテは蜂蜜（はちみつ）色の瞳を楽しげに細める。

いらないと断るのは野暮（やぼ）な気がして、利菜はありがとうとお礼を言った。


自室として与えられた部屋で夜空を見上げながら、利菜は数日後に迫った入学式に思いを馳（は）せていた。

学園に入学すれば、利菜の生活は劇的にかわるだろう。

全寮制なので、この館からは出ることになり、客人として扱われていた生活が終わる。

学園に入ったら、まずしっかりとこちらの世界の常識を学ばなければいけない。

それから、読み書き。星（アスターシェ）というものについても知りたいし、その他のことにも興味がある。

何より、早く卒業して、フォルテに恩を返さなければ。

「こうやって、見上げる夜空は一緒に見えるのに」

ここは、自分が生まれ育った世界とは異なる場所なのだ。

血の繋がった家族も、一緒に学んできた友だちもいない。

いや、友だちは元からあまりいなかった。家の事情で、遠巻きにされることが多かったから。

もっとも、利菜とほとんど同じ条件のはずの兄には、百人くらい友だちがいた気がする……結局、利菜の人間性の問題なのかもしれない。

学園では、たくさん友だちができるといいなと思う。

「そういえば、メイは合格したかな」

自分が合格したくらいなのだ。きっと彼女も合格しているだろう。

どういった基準で合格したのかわからないが、少なくとも全体の成績は、メイの方がいいはずだ。

というか、自分が合格したのだから、もしかしたら、落ちた人間は一人もいないのかもしれない。

「会えるといいな」

そんなことを思いながら、その日の夜、利菜はしばらく起きていた。

これから始まる学校生活をあれこれ想像する。

自分が入ったメイド学校がとんでもない学校だということを、利菜はまだ知らなかった。

第三章　お嬢、メイド学校に入る！

入学式を明日に控え、利菜は入寮手続きのために学園の事務所に来ていた。

読み書きができない利菜の代わりに、付き添いのメイドたちが、テキパキと手続きを済ませてくれる。

ほとんどの生徒が三日前には入寮を終えているそうだけれど、利菜は仲よくなったメイドたちとの別れを惜しんでいたため、入学前日になってしまったのだ。

「うう。お休みの日は、必ず帰ってきてくださいましね、お嬢様」

「男女共学ですので、くれぐれも殿方にはお気を付けあそばせ」

「しばしのお別れですが、リナ様がご卒業される際はぜひ、若様のところへ就職希望を……！」

手続きを終え、後は寮に行くだけとなった利菜に、メイドたちは目に涙を光らせる。けれど、最後の一人が『若様のところへ就職』という言葉を口にした途端、彼女たちは流れる涙を止めた。

「卒業後、若様のメイドになるということは……」

「つまり……私たちの後輩!?」

「お嬢様が、後輩！」

どこに衝撃を受けているのか、利菜にはイマイチわからなかったが、みな一様に目を輝かせる。

「え〜、そ、そんなぁ。後輩とか、え〜？　私、先輩とか、呼ばれちゃう感じぃ？」

「いえ、お姉様と呼ばれる可能性も……！」

「先輩もお姉様も、捨てがたいですわ」

何やら真剣に悩んでいる三人の邪魔をしては悪いだろうと、利菜は彼女たちを置いて寮の中へ入った。

自分の部屋があるという三階まで階段を上る。

男女共学でも、寮は庭を挟んで男女で分かれ、互いの寮への行き来は禁じられていた。そして、女子寮の部屋は二人で一部屋らしい。

「ここだ」

自分の部屋の番号を見つけて、ドアをノックする。中から物音が聞こえ、すぐにドアは開かれた。

「リナさん！」

白い頬を薔薇色に染めたメイが、ヒョッコリと顔を出した。

驚いたことに、メイが同室者のようだ。

「久しぶり。メイも入学、おめでとう」

きっと彼女も受かっているだろうと思っていたけれど、同室者が顔見知りなのは、嬉しい偶然だ。

部屋には、左右それぞれの壁に隣接する形でベッドが配置されていた。

それから勉強机が二つ。本棚と洋服ダンスは一つのものを共有することになるようだ。それ以外の家具は各自好き勝手に持ち込んでいいらしい。

フォルテの館に比べれば狭いものの、清潔感があり使い勝手がよさそうだった。

メイも先ほど入寮してきたばかりのようで、荷物が片方のベッドに置かれている。彼女の荷物は古い旅行バッグ一つだ。

反対側のベッドには予め送っておいた利菜の荷物が置かれている。

中には数日分の着替えと下着、それから利菜が元の世界から着てきたセーラー服が入っていた。

フォルテを始めとする館の人間たちはもっと持っていくべきだと主張していたが、利菜が必要最低限でいいと譲らなかったのだ。

「私、自分だけのベッドって初めてで……。教会では、一つのベッドを横にして五人くらい一緒に寝ていましたから」

メイはそう言う。

「そう。賑やかでいいな」

「ええ」

教会のシスターや子どもたちと離れて暮らすのは初めてだと語るメイは、少し寂しそうに見えた。

でも、すぐに笑顔になる。

メイの笑った顔に利菜は癒された。彼女は雰囲気が小動物のようで、本当にかわいい。利菜に妹はいないけれど、いたらこんな感じだろうか。

利菜も寮生活をするのは、初めてだった。

家族が恋しくないといえば、嘘になる。

けれど、利菜の場合は入寮をやめても問題が解決するわけではない。どんなに求めても、現状では利菜が家族に会える可能性は低い。

ならば前向きに今を楽しんだ方が得だ。

寮が二人部屋で、しかもメイみたいな子が同室でよかった、と利菜は思った。

荷物を整理しながら、彼女と話をする。

寮の規則についてや、食事は食堂で決まった時間に取ること、大浴場が使用できること、学園の授業についていけるか心配ということなどだ。

「どのクラスになるんでしょうね、私たち。リナさんと一緒ならば心強いのですが」

「入学時期が一緒だから、そうなるんじゃないの？」

軽く答える。それに、寮の部屋が一緒ならば、クラスも一緒なのではないかと。

「だ、だといいんですが……。白薔薇の園（メア・プリローズ）は、私みたいな平民と違う高貴なお生まれの方も多いと聞いたので、そういう方たちと一緒のクラスだと怖くて」

部屋の中だというのに、メイは声を潜（ひそ）めた。もうすでに萎縮（いしゅく）している。

「同じ学生なんだから、それほど気にする必要はないんじゃないかな？」

気軽に答える利菜に、メイはとんでもないと首を横に振った。

「平民と貴族は違いますよ！　そ、それに私は教会育ちで、礼儀作法を知らないですし」

そういうものなのか。

「まあ、そういうことも学園で教えてくれるだろう。何せ、メイド学校だから」

白薔薇の園（メア・プリローズ）は、メイドや執事を育てる学校だ。卒業生の働き口のほとんどは、上流階級の家になる。そういった家の主（あるじ）の恥にならない程度の礼儀作法は教え込まれるはずだった。

「そ、そうですよね……。ああ、でもやっぱり、身分は気にした方がいいと思いますよ……学園の敷地内では、同じ学生という立場かもしれませんが、外に出ると、そ、その……平民とお貴族様では……違いますから」

少し真面目な顔で、メイは忠告してくる。

「そういうもの？」

「……そ、そういうものです」

利菜は今まで身分の違いを意識したことがなかった。けれども、メイが心配しているならば、ここではそれなりに気を付けていた方がいいのかもしれない。

「だけど、平民と貴族なんて区別がつくものなの？」

「わ、わかりますよ。着ている服が違いますし。髪やお肌の艶（つや）とか。い、いえ、私もよく知っているわけではないんですが……きっと、一目でお貴族様とわかるような、何か高貴なオーラが出ているのではないかと……」

自分の言葉を噛（か）みしめるようにしながら話していたメイだったが、突然、ハッと利菜を見た。

「ま、まさかリナさんもお貴族様!?」

「いや、まったく。ただの田舎娘です」

大都会のルールすら知らない田舎娘であると利菜は真面目に説明したが、メイはあまり納得してくれなかった。

フォルテが用意してくれた高そうな服を着ているからメイに信じてもらえないのだろうと見当をつけ、自分の状況を軽く教えておくことにする。

「私自身は無一文なんだけど、色々あって、今はお金持ちの家でお世話になっているんだ」

「そ、そうなんですか。リナさん、とてもお綺麗だから、もしかしたらと思って」

「綺麗？　メイの方が、かわいいと思うけど」

大きく潤んだ瞳も、鼻先に散っているそばかすも、とても魅力的だ。

利菜が手放しに褒めると、メイの頬が赤く染まる。そういう素直な反応も、愛らしいと思う。

「何を言ってるんですが……リナさんと私じゃ比べものにならないですよ」

肩を落とし、ボソボソとメイは呟く。

その時、利菜の鼻先を何か甘い匂いがかすめた。途端、利菜の意識はそちらに持っていかれる。

「お菓子の匂いがする」

「え？　ああ、そろそろお茶の時間ですものね」

「お茶？」

「寮でも、お茶の時間が設けられていると案内に書かれていたので、そうだと思います。午後のお茶の時間は、私たち帝都生まれには決して外すことができない大事な習慣ですから」

そういえば、フォルテの家でも定刻になると、色々なお菓子と美味しい紅茶が振る舞われた。あれはお金持ちだけでなく、帝都に住んでいる人たち全員の習慣だったのか。

「私たちも食堂に行きましょう。お茶は、食堂でいただけるそうですから」

メイに誘われて、利菜も食堂に行くことにした。


メイと二人でお茶を楽しみ部屋に戻ると、利菜へ届けものがあった。

利菜の身長半分くらいある大きな箱だ。

メイに宛名を読んでもらうと、送り主はフォルテだった。

多少警戒していた利菜は、フォルテの名前を聞き少しだけ肩から力を抜く。

中を開けてみると――

「クマだ」

「うわあ！　ピンク色ですごくかわいいですね！」

ふわふわもこもこのクマのぬいぐるみが入っていた。

そういえば、入学祝いに贈ると言っていたような……

律儀(りちぎ)にも約束を守ってくれたらしい。

「……それにしても、デカい」

小さな子どもくらいはあるサイズに面食らいながらも、フォルテからの贈りものを利菜はありがたく受け取ることにした。

以来、利菜とメイの部屋にはピンク色のクマのぬいぐるみが同居するようになったのだ。

そんな感じで、一通りメイと仲よくなったその日の夜――利菜は、とあることを思い出した。

「そうそう。言い忘れていたけど、私、読み書きができないんだ。そのせいで迷惑をかけるかもしれない」

そう告げた利菜の言葉を、メイは最初、冗談だと思ったようだ。

そこで、先ほど宛名が読めなかったことや入学試験の答案用紙を白紙で出した話をすると、ようやく信じてくれた。

翌日の入学式は、講堂のようなところで簡単に行われた。年に四回も入学時期があるので、入学自体はさほど重んじられていないのだそうだ。

利菜とメイは無事、入学式を終え、教室に移動する。

校舎前に貼り出されていた紙には、二人が同じクラスになったことが書かれていた。利菜は読めないのでメイに読んでもらったのだ。

メイは利菜と一緒のクラスに振り分けられたことを大喜びした。もちろん利菜も嬉しい。

彼女たちの身を包むのは、紺地（こんじ）のシンプルなワンピース。胸もとにはリボンがある。頭髪には決まりがないので、利菜はそのまま黒髪を下ろしていた。

この紺地（こんじ）のワンピースは、卒業すると似たデザインの白い制服にかえられるそうだ。

その白い制服は学園に通う生徒たちの憧れ（あこが）であり、誇り（ほこ）なのだとメイは言う。その日まで、学内で白一色の服装をすることは禁じられており、卒業式で見られる白い制服姿の卒業生は、白薔薇の園（メア・プリローズ）の名物になっているようだ。

そんな話をしながら、二人は教室に向かった。目指す教室はずいぶんと遠い。

奥の奥のそのまた奥の、別校舎にある。もしかして自分たちが落ちこぼれだからそういう扱いなんじゃ、などと疑いつつ、二人は校舎に入った。

教室に着いた利菜とメイはそろって首をかしげる。

生徒が、少ない。

席は全部で四十くらいあるものの、半分程度しか埋まっていない。これから増えるにしても、少ない気がする。

「リナさん……他のクラスって、もっといませんでした？」

メイが、利菜の制服の腕をつかむ。

この校舎に辿り着くまでに他の教室の様子を少し見てきたのだが、どこも三十人くらいの規模だった。

「みんな遅刻かな」

答えながら、適当に席を選んで座る。メイも利菜の隣に座った。

時間が来ても、利菜たちの後に誰かが教室に入ってくることはない。つまり、このクラスには二十人程度の生徒が所属しているということがわかる。

しばらくして、教室に三人の教師が入ってきた。スコットティー、マーガレット、チェルターだ。

「さて、あなたたち。まずは入学おめでとう。私はサーシャ・スコットティーよ。主に一般教養と話術を教えているわ」

最初にスコットティーが挨拶する。

他の二人も順々に自己紹介を済ませた。

「他にも教師は大勢いるけれど、主には私たちが担当として面倒を見るわ。このクラスの授業は一部、マンツーマンで行うから、そのつもりで」

スコットティーの発言に教室内がざわつく。生徒の一人が、恐る恐る手を上げて尋ねた。

「マンツーマンとは、自分だけの授業になるんでしょうか？」

「そうよ。合同のものもあるけれど、あなたたち一人一人に合わせた授業になるわね。この校舎に入っているクラスだけの特別サービスなんだから、感謝しなさいよ～」

ほがらかに笑う女教師の説明に、教室内からどよめきのようなものが上がる。生徒の大半は、「特別」という言葉に感じ入っているみたいだった。

「私たち、期待されているってことかしら？」

「そうじゃない？　だから、人数が少ないのよ」

そういう声が聞こえてくる。そんな受け取り方もあるのかと、利菜は感心した。

自分はできの悪い生徒を集めているクラスだと思っていたのだ。そのための特別処置なのではないか。

何せ、利菜には自分の試験の結果がいいわけがないという、妙な自信がある。体力測定では一位を取れたけれど、それだけだ。

他の試験を挽回できるような威力が、あの試験にあるとは思えない。兵士か何かを志願しているのであれば、あの試験結果は重要視されるかもしれないが。

（メイドと執事を育てる学校だものね……）

けれど、わざわざそれを口にして、盛り上がっている他の生徒たちに水を差すことはないだろう。

「それじゃあ、今日はレクリエーション代わりに私たちが使うこの校舎と、裏にある森林を案内するわ。迷子になると、なかなか帰ってこられないので気を付けて。あと、職員室に他の先生たちがいるから、そこへ行って挨拶と……あ、そうそう。この校舎の他の教室も覗いてみましょ。あなたたちの先輩がいるから、顔合わせくらいしておかないとね」

スコットティーが元気よく言った。

それから、教師陣に連れられ、校舎内を見て回る。

利菜たちが最初に集まった教室は、全員で授業を受ける時のためのもので、マンツーマンの時はもっと小さな部屋を使うことになるのだ、と案内されながら教えられた。

「あ、そうそう。マンツーマン指導では、自分の授業の時間と場所を間違えないように。同じクラスの生徒が休みでも、自分は授業があった……なんてことはざらにあるからね。当然、遅刻は厳禁。無断で休むのも駄目。どちらも、メイドとしてやってはいけないことだし、メイドに限らず、他の職業でもまあ、許されないわよね」

生徒によって時間割が違うのか。気を付けておかないと大変な目に遭いそうだ。

利菜は隣を歩くメイをチラリと見る。

彼女に迷惑をかけるけど、時間割をもらったら読んでもらおう。それを日本語で紙に書きつけるしかない。

「ねえ、メイ」

利菜はそっとメイに話しかける。

「なんですか？」

「後で頼みがあるんだ」

引き受けてもらえることを祈りながら、その日一日、利菜は校舎内を歩き回る。

その日の晩、学園からの書類をしばらく読んでもらえないかと頼むと、メイはあっさり引き受けてくれた。


入学して数日が経った。

その日、利菜のクラスの生徒たちは、受験の時に走ったあの体育館に集められた。

全員、運動しやすい軽装になっている。各生徒たちには体育館用のあの靴が用意されており、体育館の玄関口で履き換えるように指示された。

何をするか詳しい話は聞いていないが、どうやら何か運動をさせられるらしい。

「それじゃ、みんな。今日は特別授業よ。とあるレースをしてもらうわ。一位で合格できた子には単位をあげるから頑張ってね」

スコットティーが自分の腰に片手を当てながら説明する。

単位という言葉に生徒たちは盛り上がった。

白薔薇の園（メア・プリローズ）では単位の取得がとても難しい。場合によっては、五年かかるものもあると言われている。それが入ったばかりで取れるのは、ラッキーだ。

俄然（がぜん）、生徒たちの目が輝く。

「それじゃ、コースを配るからみんなきちんと持ってなさいよ」

スコットティーが配ったのは、体育館の裏の森の地図だ。

広い学園の敷地内には、森のようになっている場所がある。ゴールは、その森の奥にあるらしい大木だった。

まだ新一年生の利菜たちは学園の敷地をすべて把握しているわけではない。もちろん、その森に入ったこともなかった。

「普通に歩けば、一時間程度の距離よ。だけど、色々と罠を仕掛けたので気を付けなさい」

罠という言葉に、利菜以外の全員がざわめいた。

「リ、リナさん……わ、わ、罠ですって……」

「そうだね」

びくついているメイに、利菜は平静な声で返す。

「……リナさん、怖くないんですかぁ？」

「生徒を死なせるような罠はないだろうから、心配ないんじゃないかなぁ」

それでもメイは顔を青ざめさせたまま、小さく震えていた。

利菜たちが小さな声で話している間も、スコットティーはルールの説明を続けている。

「手もとの地図を見てゴール地点まで無事に辿り着ければ合格。辿り着いた順番と、仕掛けた罠への対処の仕方を考慮して採点します。足の速さと体力に自信がある者が有利になるわね。もしクリアが難しそうなら、その場で脱落宣言をなさい。先生たちが罠の近くに隠れて様子を見てるので、すぐに助けてくれるはずよ。もちろん、知識も必要になるから、体力だけでも駄目だからね」

スコットティーにちらりと視線を投げられ、利菜は顔を横に向けた。明らかに身体能力だけが取り柄の自分に向けられている言葉だ。耳が痛い。

「それじゃ、準備ができた者からスタート！　ほら、早く行きなさい！」

唐突に、スタートが宣言された。慌てて生徒たちが出入り口に駆け出す。

一気に雪崩れ込んだため、出入り口がごった返した。

完全に出遅れたメイはワタワタとあせっている。大勢の生徒で溢れかえる出入り口が怖いらしく、その場で立ち止まっていた。

「ちょっとどきなさいよ！」

「私が先よ！」

「抜け駆けしないで！　誰、引っ張ったの!?」

「あー!!　今、何人か先に行ったわよ!?　邪魔なのよ、あんたたち！」

「単位は私のものよ！」

まるでバーゲンセール会場だ。女の争いは怖い。そしてエグい。

ここ数日でわかったことなのだが、なぜだかこのクラスの生徒たちは、自己顕示欲が強かった。

慎ましいのは、メイくらいなものだ。

メイドは他者に奉仕する職業。控えめな人がなるものだと思っていたので、利菜は多少面食らっていた。まあ、単位が欲しいのは利菜も一緒だ。さっさと卒業して、フォルテに恩返ししたい。だから、彼女もトップを狙っていた。

出入り口を見ると、誰もがエゴを剥き出しにし、少しでも先に行こうと必死になっている。扉は観音開きなのに、片方しか開いていない。それが、大混雑の原因なのだろう。だというのにスコットティーは何もしなかった。ただ、生徒たちを面白そうに眺めている。

「リ、リナさん～。どうしましょう～？」

メイは悲鳴じみた声で利菜を呼ぶ。

どうにかしなければと思っているようだが、完全に腰が引けていた。

利菜一人ならば、先に行った連中を蹴散らして前に出ることも可能だけど、怖がっているメイを連れてあそこに突撃するのはためらわれる。だからといって、メイを置いていくのは嫌だ。

出入り口の混雑振りとスコットティーの様子を利菜は確認した。

「行こう」

メイの手を握りしめ、引っ張る。驚く彼女を無視して、出入り口ではなく壁に向かって走った。

「ちょっと、リ、リナさん⁉」

「しっ。黙ってついてきて」

利菜は一度メイから手を離し、窓を全開にした。窓枠に手をかけ、そのまま飛び越える。窓の外――屋外に出た利菜は、メイに手を差し伸べた。

メイは目を丸くしている。

利菜はチラリと館内の出入り口を見る。そこに集まっている少女たちは、自分が一刻も早く外に出て行こうと躍起(やっき)になっていた。こちらの様子にはまだ気づいていない。

「え？　え？」

「早く。大丈夫。来て」

しばらく戸惑(とまど)っていたメイが、意を決して利菜の手を取った。片手で窓枠を掴(つか)み、壁に足をかけて身体を窓まで上げる。

利菜はタイミングを合わせて、メイの身体を引っ張った。メイはすんなりと窓の外に移動する。

その時、利菜はスコットティーと目が合った。

彼女の目は楽しそうに笑っている。とても、面白いものを発見したとでもいうように。獲物を見つけた猫みたいな目だと、利菜は思った。

その視線を無視して、メイの手を握ったまま、利菜は駆け出す。

第一陣はすでにスタートを切っている。おそらく、七人くらいは前を走っているはずだ。

地図に書かれているルートは、難しいものではなかった。歩きで一時間程度と言っていたので、距離は五キロくらいだろう。特に問題を感じない長さだ。全力疾走(しっそう)をしてもいいのだけど……

利菜は、首を少し後ろに回してメイを見る。メイは懸命に足を動かして走っていた。全力とまではいかないものの、そこそこのスピードは出している。これ以上の速度は厳しそうだった。

木々に囲まれた道は幅二メートルくらいで、おそらく人工の道だ。それでも、道の上に石が転がっていたり、木の根っこが出ていたりして、足もとに気を付けていないと転ぶ恐れがある。

「び、びっくりしました！　まさか、窓から出るなんて！」

「出入り口が混雑してたから、窓の方が早いかと思って」

「で、でもぉ、靴も履き直していないのに、よかったのでしょうか……？」

確かに体育館からそのまま出てきてしまったので、靴が体育館用のままだ。

「自分の靴より、今履いている靴の方が運動に向いているんだ。メイも同じじゃない？」

「え？　あ、そう言われてみれば……！」

利菜の普段履いている靴は、フォルテから贈られた少女らしい流行のデザインの靴だ。

街を歩く分には問題はないが、運動するには不向きだった。

利菜自身はオシャレにあまり興味がないのだけれど、フォルテが『靴はいいものを』とこだわって買ってきたのだ。値段は知らないが、生地と履き心地のよさから高価なものだと思われる。

それに比べ、今、利菜たちが履いているのは、運動に適した靴だった。

「室内用の運動靴にしては、かなりしっかりしてる。おそらく、屋外でも使用できるタイプの靴だと思うんだ。屋外で使うことを先生たちは想定してたんじゃないかな。私たちが窓から出るのをスコットティー先生は見ていたけど、文句を言わなかったし」

「な、なるほど」

「それにしても、そろそろ先にスタートしたグループに追いついてもおかしくないはずだけど……」

利菜たちはそれなりのスピードで走っている。きちんとした運動靴を履いている自分たちと、適した靴を履いていない彼女たちの差が縮まらないのはおかしい。それなのに姿さえ見えないのは、なぜなのか。

利菜は走りながら地図を見直した。

地図と自分たちが走ってきたルートを頭の中で重ねる。道を間違っているわけではない。

「み、見えませんね。みなさん、思った以上に速い方ばかりなんでしょうか？」

「そうかもしれない」

利菜は少し考えた。

「……もう少しスピードを上げてもいい？」

「……え!?　い、いや、あのこれ以上はちょっと……！」

利菜が聞くと、これが限界だとメイは訴えた。

「リ、リナさんはもっと速く走れるんですか？」

「うん。今は軽く流している程度かな」

答えを聞いて、メイはショックを受けたようにうつむいた。落ち込んだ声で呟く。

「……わ、私、教会育ちで貧しかったから、森で野草採りをしたりしていて、身体の丈夫さには自信があったんですけど……己惚れていました。そういえば、受験の時もリナさんはぶっちぎりでしたものね……」

「メイは十分、足腰が強いタイプだと思うよ」

淡々とした利菜の言葉に励まされたのか、メイは顔を上げた。

それから数分走り続け、開(ひら)けた場所に出た。そこには一人の男性がいる。チェルターだ。

愛想のない顔を首の上に乗せたその姿は、無駄にデカい。その妙に存在感のある風体(ふうてい)のせいで、生徒の間で彼の評価は二分していた。『見るからに怖い』か、『割とイケてる』か、だ。

そのチェルターの後ろには、何やら怪しい小屋がある。造りから見て、かなり新しいようだ。

もしかしたら、わざわざこの授業のために作らせたのかもしれない。この学園ならば、そのくらいはやりそうな気がする。

「二人か。リナ・カイドウとメイ・ブロッサムだな」

利菜たちがチェルターの前に立つと、低く響く声で確認された。

「はい」

「は、はい」

チェルターの黒目が利菜を向いたまま止まる。光を灯(とも)さない闇色の彼の瞳からは、何を考えているのかうかがえない。

利菜も無機質な瞳を見返した。しばし二人は、見つめ合う。

「それでは、ここからの課題を伝える」

十秒ほどそうした後、チェルターは淡々と説明を始めようとする。

なんの意味もない見つめ合いだったようだ。

(なんだったんだろう……)

「あの、先に質問してもいいですか？　何か私に言いたいことがあったのでしょうか？」

「受験の際に無記名無回答で答案を提出した大馬鹿者はコイツかと、改めて確認していただけだ」

「むむ」

それは言わないでほしい。

「あまり馬鹿そうではないが、人はまあ、見かけによらずと言うしな」

「そうですね」

この世界の知識がまったくない利菜は、反論する気にならなかった。

チェルターは、利菜とメイをそれぞれ見る。

「ここまで真っ直ぐ来たのか？」

質問の意味がよくわからず、利菜はメイと顔を見合わせた。メイがおずおずとチェルターに問いかける。

「き、来ましたけど。あの……何か問題でも？」

「いや問題ない。真っ直ぐ来たのか確認しただけだ。では、ここから先は武器を携帯してもらう」

「武器、ですか」

利菜は首をかしげた。メイも同じようにこてんと首をかしげている。

そんな利菜たちをまったく気にせず、チェルターは事務的に説明を続けた。

「この先のルートには、レベルの低い使い魔を放してある。生徒の殺害は禁止してあるが、多少の怪我ならば負わせてもよいと命令しているので、武器を持たずに突破するのは難しいだろう」

チェルターの説明を受け、メイが血の気の引いた顔で小さく悲鳴を上げる。

利菜も少し驚いた。

使い魔。そういうものが、存在するのか。

「つかぬことをお聞きしますが、どういった種類の？」

「何。単なる小鬼(ゴブリン)と妖精(フェアリー)だ。鍛(きた)えてあるからそれなりに強いが、私の命令に背(そむ)くことはない。通るルートによっては好戦的な妖精がいるが、それは大当たりだ。使い魔にはそれぞれ点数がついていて、倒すと評価点になる。点数は使い魔たちが報告してくるため、お前たちは気にしなくていい」

小鬼も妖精も、まったく馴染(なじ)みがないので、どういった生き物か想像がつかない。

「……ご、ごぶごぶ……ふぇありー？」

青ざめた顔で震え、今にも泡を噴きそうなメイの反応を見る限り、油断しない方がよさそうだ。

「ずいぶんと気の小さな娘だな。棄権することもできるぞ」

チェルターは無感情な瞳をメイに向けた。利菜も同じようにメイを見る。

メイは視線を激しく左右に彷徨(さまよ)わせ、それでも「いいえ」と答えた。小さな、小さな勇気を出して。利菜は嬉しくなった。

勇敢な人は好きだ。

小鬼や妖精の詳しい話は、メイから聞くことにしよう。彼女はそれがどういった生き物か知っているようだし。

「あの小屋に色々と武器を用意してある。好きなものを好きなだけ持っていくがいい。選んだ武器は、そのまま自分のものにしていいことになっている。中には高価なものもあるので、慎重に選択しろ」

ずいぶんと気前のよい話だ。反対に考えれば、持って帰ってもいいレベルのものしか置いていない、と思われる。

高価なものもあると注釈をつけたのには、何か理由でもあるのだろうか。

考えながら、利菜は小屋に入った。

木でできた小屋の中には山のように武器がある。剣に槍、弓と銃。防具はないようだ。

この世界にも銃があることがわかった。

利菜は試しに銃を持ってみる。

「形は似てるけど……」

利菜が知っている地球の銃と似ているものの、弾を込める場所が少しかわっている。

「ああ、星塊を使用する武器ですね。もしかして、リナさん使えるんですか？」

「いや。その、アスタロージュというのは？」

「知りませんか？　星塊というのは、星を圧縮したもので、こういう専門の武器に込めて使います。星塊は買うととても高価なんです。作り出すには技術が必要ですから……」

「そうなんだ」

とりあえず、今は無用の長物だ。利菜は銃を元に戻した。射的には割と自信があるのに、残念。

「でも……アレですね。なんだかどれもこれも、高価そうな……」

「そうだね。キラキラと、これなんか宝石がついてるよ」

「うわあ。こ、高価なものが交ざっているというのは、これですかね」

宝石がついている剣を遠巻きに眺める。二人とも、手に取りはしなかった。使いにくそうな道具に、利菜は興味がない。

「これ、壊したら、べ、弁償ですかね？」

「自分のものにしてもいいというくらいだから、気にしなくてもいいんじゃない」

「あ、なるほど」

「メイはどれにする？　それにするの？　あまり使い勝手はよくなさそうだけど、売ればそれなりの金額になるかもね」

利菜ならば間違いなく選ばないが、後で売るつもりというのなら、お薦めの品だ。

「い、いえ。こういう高価なものは……分不相応ですから」

「そう？」

利菜は宝石のついた剣から目を離し、自分に合った武器を探した。悠長にしていたら、後ろから来る生徒たちに追いつかれてしまう。

しかし、どれもこれも、自分の手にしっくりこない。

剣、槍、弓、銃、すべて一通り扱ったことがある。何せ、利菜が育った海堂組は日本きっての武闘派ヤクザ。女子高生がファッション雑誌を読んでキャッキャとはしゃぐのと同じように、武器の載ったアングラ雑誌を見てキャッキャとはしゃぐ組員たちが屋敷内のあちこちにいた。

そのおかげというべきか、そのせいというべきか、利菜もこの手のことには詳しい。

様々な武器をあれこれ吟味していた利菜は、奥の方で鈍く輝いている小さなナイフを見つけた。他のものに比べて、ずいぶんとシンプルな造りをしている。刃渡り八センチ程度、洋服の中に隠せるサイズだ。握りの部分は木製で、不思議なほど手に馴染んだ。鞘もこれといった特徴はない。古ぼけ、汚れているぐらいだ。その鞘を外してみる。

刃を見た。よく手入れされている。

利菜は、このナイフに決めた。腰の後ろにナイフを差す。軽い。身に着けているのに、違和感がない。いい武器だ。

メイを見ると、彼女も同じように一つの武器を持っていた。

木の弓。メイの身体に合う、小さめのものだ。

利菜と同じように、ずいぶんと地味なものを選んでいる。

「メイは、それにするの」

「はい。弓は、森で獲物を狩る時に使っていましたから」

「森？　メイは大森林に行くのか」

そういえば、さっきメイは森で野草を採ると言っていた。

帝都に住んでいる人間は大森林にあまり行かないと聞いていたので、意外だ。

「だ、だ、大森林!?　と、とんでもない!!　私、帝都から出たことがありませんもの！　帝都の北区に私が育った教会があるんですけど、そこに森があるんです。帝都は大都会ですけど、この学内にある森と同じように、けっこう自然が多いんですよ」

「そうなんだ。それにしても、こうやって武器を選んで森を抜けろなんて、メイド学校の授業に必要なものなのだろうか？」

「う～ん。高貴な方のところにご奉公に上がったら、ご主人をお守りしなければいけないことがあるんじゃないでしょうか」

「なるほど」

そう言われれば、そういうこともあるかもしれない。

けれども、やはりメイドになる学校というよりもボディガードのための学校にいる気になる。

首をかしげながら小屋から出た利菜とメイは、辺りを見回した。

危惧（きぐ）していた通り、他の生徒が十人ほど着いている。先ほどの利菜たちと同じように、チェルターに確認を受けていた。少女たちが、チラチラとこっちを見ている。

彼女たちはみんなヨレヨレだ。靴の違いが大きく響いたのかもしれない。

「それでは、説明した通り、あの小屋から武器を好きなだけ、持っていけ」

チェルターの声を皮切りに、少女たちは利菜たちを押しのけ、小屋の中に入っていく。そして、体育館の時と同じように、出入り口で詰まっていた。

「お前たちは道具を決めたか。見せてみろ」

チェルターが利菜とメイの選んだ武器を確かめた。

出された武器を見て、チェルターの目が少しだけ動く。その些細（ささい）な変化に利菜は気付いたが、何も言わずに彼の指示を待った。このまま、行っていいのか、それとも待機するのか、判断がつかない。

小屋からは騒がしい声が聞こえてくる。利菜たちも悩んだが、彼女たちも大いに悩んでいるようだ。

「それは私が先に手にしたのよ！　離しなさいよブス！」

「私が先でしょ!!」

「これとこれとこれは、私のよ！　ちょっと、それも私の！　離して！」

「痛い！　誰!?　私を叩いたの!?」

大戦争だった。小屋に入るまではヨレヨレだったのに、中にある豪華な武器を見て、元気を取り戻したようだ。

それにしても、同じクラスで学んでいるというのに、まったく仲間意識がない。利菜も協調性がない方だという自覚があるけれど、彼女たちの鬼のような必死さには、正直、ちょっぴり引いた。

横にいるメイは半ば涙目だ。

まあ、なんにしてもあの様子を耳にする限り、すぐに小屋から出てくることはなさそうだった。

まだ抜かされる心配はないとはいえ、そろそろ出発したい。

「それでは、お前たちはゴールを目指すがいい。自分たちの地図にならってな」

自分たちの、というチェルターの言葉に引っかかりを感じ、利菜は自分に与えられていた地図を広げる。メイも同じように地図を見た。

ここまでは利菜の先導でやってきたので気付かなかったが、よく見ると利菜とメイの地図は微妙に違っていた。

「もしかして、コースって全員、違うんですか？」

「スタートとゴールは同じだがな。どの地図を受けとるかは、運だ」

これで納得がいった。先にスタートした生徒たちと出会わなかったのは、ルートが違ったからだ。ここに来るまで、いくつか分かれ道があったので、先を走っていた彼女たちは、利菜たちが通らなかった道を行ったのだろう。

「もしかして、ここまでリナ・カイドウの地図で来たのか？　来てしまったものは仕方がないが、これから先は、それぞれの地図に従って別々に動くように」

つまり、仲よしこよしで一緒に行動するのは、ここまでということだ。

利菜とメイは同時に頷きあった。メイは自信なさげだが、仕方がない。

「それでは、スタート。幸運を祈る」

チェルターの合図で利菜とメイは走り出した。今のところ道は一緒だ。

利菜は少しずつ速度を上げた。メイも後ろについてくる。手こそ繋いでいないけれど、先ほどと同じだ。しばらくして、前方で道が左右に分かれた。

「リナさん！　どうか、か、神のご加護がありますように……！」

背後からかけられたメイの声に、利菜は片手を上げて応えた。

利菜は地図に従い、右に行く。メイはついてこなかった。左に行ったのだろう。

ここからは、一人だ。

利菜は一気に速度を上げた。

＊　＊　＊

中間地点を通る最後の一人を見送り、チェルターは名簿にチェックを入れた。

気配を感じ、振り返る。

そこには同僚のスコットティーが立っていた。こげ茶色の髪が肩の上で風に揺れている。相変わらず気配を消すのがうまい女だ、とチェルターは内心、舌を巻いた。

「全員、行ったのね。どう？　今回の生徒たちは？」

「幾人か面白いのがいた。特に最初に着いた二人は、ずいぶんと面白い」

「リナ・カイドウとメイ・ブロッサムでしょ」

「わかるか？」

最初にここに辿り着いたのは、黒髪の少女と灰色の髪の少女だ。二人とも、まったく違うタイプのようなのに、仲よく手を繋いでやってきた。

彼女たちの到着は予想していたよりもかなり早く、表情にこそ出さなかったがチェルターは驚いた。

ここまでの道にいくつかのトラップを用意しているので、あんな短時間で来るとは思わなかったのだ。それに彼女たちは無傷で、きちんと運動用の靴を履いていた。

「二人は、窓を使って体育館を出たのよ。混雑していた出入り口を避けてね。しかも、こちらが用意していた運動靴のまま、走っていったわ。指示をしなくても、最適なものを選ぶ能力があるのね。あの子たち……いえ、あの子には」

「リナ・カイドウか？」

「ええ」

「美しい少女だな」

「ええ。類（たぐい）まれな」

職業柄、チェルターは容姿の整った人間を見慣れている。

この学園の、特に自分たちが受け持つクラスの生徒の条件の一つは容姿端麗（ようしたんれい）であることだ。それなりのレベルでは驚きはしない。けれども、黒髪と黒い瞳を持つ少女の美貌（びぼう）には、心底衝撃を受けた。

絹糸のような艶（つや）やかな漆黒（しっこく）の長い髪に、黒曜石（こくようせき）の瞳。形のよい唇。鼻梁（びりょう）の通った鼻。

そこにいるだけで、その場にいる全員の視線を――心を奪ってしまうほどの美貌（びぼう）には、そう滅多にお目にかかれるものではない。

「ピアニッシモ家の若君が心を奪われたのもわかるわね。確かにあの子ならば、卒業後は引く手あまたでしょう」

「あの容姿では目立ちすぎて、適任ではないような気がするが」

「女は化粧でいくらでも化けられるわ。美しくも、醜くもなれる。それより、ここでは、どうだったの？」

問われて、チェルターの口角がわずかに上がる。スコットティーの顔に軽い驚きが浮かんだ。

「あら。楽しそうね」

「ああ。あの二人は、本物を選んでいったよ」

豪華に彩られた武器には目もくれず、見た目の地味な、本物の星の力を宿した武器を二人は選んだ。

それらは道具自体に力があり、持ち主が星をうまく操れなくても、大きな威力を発揮する。

他の、豪華な武器はダミーだ。金銭的な価値は大してないし、武器としても使えない。

その中で、あの二人の少女は本物を選んだ。余計なものは何一つ選ばず。

「その上、彼女たちはここに来るまで一度も回り道をしなかったようだ。リナ・カイドウの地図を見ながら来たらしいが」

「え？　変ね。どのルートでも最低一つは迂回必須のトラップを用意しているはずなのに」

確かにそうなのだ。全ルート、大なり小なりのトラップを仕掛けている。そのどれにも引っかかることなく、彼女たちはここまで辿り着いた。

本人たちに確認しているので、間違いない。ここまで真っ直ぐ来たのかという自分の質問に、彼女たちは「そうだ」と答えた。わざわざ嘘をつく必要があるとは思えない。

「まれに、どんなトラップも無意識に感知してそれを避け、最短コースを選ぶ能力のある人間がいるらしい。特に、こういう自然の中ではそういう力が顕著になる。そのメカニズムは、わかっていないが……彼女が本当にそんな能力を持っているならば、手に入れておきたい人材だ」

ここに着いた時、息を乱していたメイ・ブロッサムと違い、リナ・カイドウは汗一つかいていなかった。

「さ。私たちもゴール地点に行きましょう。マーガレットが待ってるでしょうから。ま、マーガレットはいくらでも待たせとけばいいような気もするけど」

同僚に対するそんな憎まれ口を叩きながら、スコットティーがチェルターの肩に触れる。

彼女が何か呟いた瞬間、その場から二人の姿がかき消えた。

＊＊＊

風の抵抗を受けないように少し体勢を低くして、利菜は森の中を走っていた。

メイと一緒に走っていた時とは比べものにならないスピードだけれど、全力疾走ではない。

襲われるのがわかっている以上、回避や反撃のための力を残しておかなければ、いざという時にガス欠になってしまう。

慎重に周囲の様子を探る。

少し前から、何かの気配がついてきていた。姿は見えないけれど、こちらをうかがっているみたいな視線を肌に感じる。おそらく、チェルターが言っていた使い魔とやらだ。

小鬼と妖精についてメイに聞こうと思っていたのに、忘れていた。

使い魔がどういったものかわからないけれど、ペットみたいなものに違いないと利菜は判断する。

倒せば点数が入るというが、殺生をしてしまったらどうなるのだろうか。人様のペットを傷つけるような趣味は自分にはない。

祖父に連れていかれるサバイバルの時に仕方なく生き物を殺したことはある。でもそれは、あくまで食料を確保するためで、悪戯に命を弄ぶのは本意ではない。

それとも――

「武器を持った生徒たちに、やられはしないほど強いということなのか」

なんとなく、そちらの方が正しい気がする。

その時、背後で風を切り裂くような音がした。利菜は咄嗟に真横に飛ぶ。

避けた利菜の横を旋風が通り過ぎ、激しく髪を嬲った。そのまま気付かずに走っていたら、風に吹き飛ばされていただろう。

素早く体勢をかえ、利菜は身体を半回転させる。腰に差していたナイフを抜き取り、構えた。

「避けた避けた」

上の方から子どもの声が響いてくる。

見上げると、六歳程度の少年が空中に浮いていた。顔立ちがかわいらしいので、もしかしたら女の子かもしれない。その背中に、透明な羽が見える。

「小鬼とやらか?」

「どこをどう見たら小鬼に見えるのさ‼」

「じゃあ、妖精？」

「あったりぃー！」

空中で止まっていた妖精は、利菜めがけて突進してきた。弾丸みたいなスピードで一直線に向かってくる。

利菜は半歩、横にずれた。

「え⁉　嘘⁉　避けちゃ駄目ぇえええええ！」

まさか避けられると思っていなかったのだろう。妖精から悲鳴が上がる。

勢いをつけたまま突進してきた妖精は勢いを殺すことができない。

利菜は真横を通り過ぎる妖精の首もと、うなじにナイフの柄(え)を叩き込む。

追い打ちの攻撃に妖精は呆気(あっけ)なく意識を失った。動かなくなった妖精をよく見ようと、利菜はしゃがみ込み、そのほっぺを指で突(つつ)く。

子どもらしいむにむにの、かわいらしいほっぺだ。

「思ったより、妖精とは大きいんだな」

身体の大きさは人間の子どもと同じくらいだ。なんとなく掌(てのひら)サイズを想像していたので、純粋に驚いた。

利菜は目を回している妖精を道の脇に寄せ、先を急ぐ。

向かってくる相手には容赦(ようしゃ)しないのが、海堂家の人間だ。けれど、思ったよりも手応(てごた)えがない。

もう少し力を抜いてやればよかったと利菜は嘆息する。少なくとも、追い打ちまでかける必要はなかったと反省した。

幼い子どもの容姿をしていた妖精がかわいそうになってくる。かわいいものに利菜は弱い。

(次からは手を抜いてやろう)

利菜は走り続けた。

次の襲撃がすぐに起こる。ジャッと、鋭い音が利菜の鼓膜を叩いた。

立ち止まり、大きく後ろに飛びすさる。地面を見ると、そこには氷でできた矢が突き刺さっていた。ほんの数秒、利菜の避けるタイミングがずれていたら、その凶器は利菜を貫いていただろう。

こちらが手を抜いてやろうと思った矢先に、なんて凶悪なもので攻撃してくるんだ。利菜はわずかに眉間に皺を寄せながら、矢の飛んできた方向を見た。

「俺はさっきの間抜けと違う！　油断なんてしないもん！」

氷の弓を構えた青年が厳しい面持ちで利菜を狙っていた。羽はないようだ。こちらが小鬼か。

彼は二十歳程度の健康そうな青年だった。肌の色が浅黒く額の上に小さな角がついている以外は、普通の人間に見える。

小鬼という割に、こちらも小さくはない。

ジャッ！

また、音がした。

どうやら、氷の矢を射る際に出ている音らしい。

利菜は反射的に、手にしていたナイフで矢を払い落とした。

地面を蹴り、駆け出す。放たれる矢を避け、弾き飛ばし、小鬼に接近した。

利菜の速度に小鬼はついていけずにいる。

「この！　ちょこまかと!!」

小鬼の目前で、唐突に利菜は膝を曲げた。小鬼からは、利菜の姿が一瞬消えたように見えるはずだ。利菜はすぐに膝を伸ばし、小鬼の懐に身体を滑り込ませる。素早くナイフを口に咥え、両手を小鬼の鼻先で大きく叩いた。

ぱぁあああああああああん！

衝撃波が、小鬼を襲う。

猫だましと呼ばれる相撲の技だ。緊迫している場面では、驚くほど効果がある。

「ふぎゃ！」

小鬼は目をつぶる。そこへ利菜が軽く当身をした。

小鬼は後ろに倒れ込み、ちょうど地面にあった石に後頭部を打ちつけて、気絶する。意識を失った途端、彼の手にしていた弓と矢は消えてなくなった。

面白い武器だったので、よく見てみたかったのに……と利菜は少し残念に思った。

＊　＊　＊

「でやああああああ！」

「とりゃああああああ！」

「え!?　ちょっと嘘!?」

「きゃああ小鬼殺しぃいいいい！」

ゴールを目指すリナを足止めしようと、小鬼と妖精が次々と襲いかかっていく。

そのことごとくが蹴散らされていた。

小鬼と妖精は悲鳴を上げて、己の身に降りかかった厄災を嘆く。

「あんなに強い子がいるなんて聞いてない！」

「聞いてない！　おやつ、増やしてもらわないと割に合わない！」

「ご主人、ひどい！　たんこぶできた！」

使い魔の実力は、それを使役する主人の力に比例する。

彼らの主人であるチェルターは、学内でも屈指の実力者だ。そのチェルターが使役する使い魔は、一般的な小鬼や妖精と比べてかなり能力が高い。ゆえに、生徒たちを必要以上に傷つけることがないよう予めその力は制御されていた。制御する必要がない生徒がいるなんて、使い魔たちには言っていない。

当然だ。チェルターたちも、予想していなかったことなのだから。

コテンパンにやられ頭部にたんこぶを作った涙目の使い魔たちが、生徒よりも先にゴールへ着いているチェルターに訴えにきた。

「偵察に出してるうちの子たちからも、リナ・カイドウが破竹の勢いでこちらに向かっているという報告が来てるわ」

人差し指を立て、自分の使い魔と交信していたスコットティーがクスクス笑いながら言う。

ゴール地点にお茶とお菓子のテーブルを用意し、優雅に生徒たちの到着を待っていたスコットティー、チェルター、マーガレットの三人は予想外の展開に、それぞれ微妙な表情になった。

「リナ・カイドウは、そんなに優秀ですの？」

「マーガレットはまだ個人では受け持っていないんだったか？」

「ええ、まだざます。クラス全体の授業ならばありますけど、個人授業は行っていないざます。授業は大人しく聞いていて、今のところ期待したほどの目立つ行動はないざますが」

マーガレットが口をつけていた紅茶のカップをテーブルに置きながら答えた。

眼鏡の赤いフレームが太陽の光に反射し、キラリと輝いている。

「うちの使い魔を泣かした生徒は初めてだ」

「それは、ミスター・チェルターが使い魔たちの能力を制限していたからに過ぎないざます。少々、リナ・カイドウの実力を過大評価されているんではなくて？　確かに星の量には目を見張るものがあったざますが……」

スコットティーの報告も、マーガレットは聞いている。それでも、無記名無回答で入学試験を冒涜した少女の実力に関しては懐疑的だった。

「いや、リナ・カイドウは真の実力など、欠片も出していない」

チェルターは否定する。

己の使い魔を通して、実際のリナの動きを見ているのだから、その言葉に嘘はない。まだ訓練を受けていない少女にそのような実力が備わっている。

スコットティーは楽しげだが、マーガレットはそのことに恐怖を感じているみたいだ。

「それにね。マーガレット」

「なんざます？」

「彼女は綺麗な子だもの。そのまま、私たちの手で育てたいじゃない」

入学した以上はきちんと卒業させたい、とスコットティーが告げる。

スコットティーの言葉に同意を示してチェルターは口の端に薄く笑みを浮かべた。

そうこうしている内に、一位の生徒がゴールに駆け込んできた。

黒髪の少女はわずかに息を乱してはいても、汗一つかいていない。乱れていた呼吸は、すぐに平常のものに戻った。

驚くべき、その回復力と強靭な肉体。

教師たちが予想していた時間の半分くらいで、彼女はここに辿り着いた。

「他の生徒は？」

ゴールに着いた少女——リナ・カイドウの唇が動く。彼女の黒々とした瞳が、自分以外の生徒の姿を探していた。

マーガレットの視線は彼女に釘付けになっている。「規格外」とスコットティーが呟いた言葉に、チェルターも同意する。

やがてリナの問いかけに、マーガレットが口を開く。

「まだ、ですわ。あなたが、一番ざます」

リナが到着してしばらく、誰もゴールには現れなかった。一時間ほど経ち、ようやく生徒たちが到着する。

どの生徒もボロボロだった。メイ・ブロッサムは半分泣いている。

「半数はリタイアしたようだ」

「毎回のことだけど、なかなかゴールできないものね」

「……リナ・カイドウ、歴代でもトップのスピードではないざます？」

くたくたに疲れている生徒たちを横目に、教師たちは小声で話していた。

その視線がリナに注がれる。

アレは、金の卵だ。訓練を受ける前に、小鬼や妖精を倒す戦闘力を有している少女など、滅多に現れるものではない。

「育てがいのある子」

スコッティーの言葉にチェルターは内心で頷く。これほどに心躍る逸材はそういなかった。

＊　＊　＊

三日後、利菜は座学の個人授業を受けていた。

「えー、世界は神が水の中に作り出したもので、この世界を内包している水のことを〝原初の海〟と呼ぶざます。海と言っても、海水ではなく、世界を作り出すあらゆる物質を含んでいる液体だと、考えられているんざます。そして原初の海の上に、地の基（もとい）……つまりは、世界を支える巨大な柱があり、神の怒りによってこの基（もとい）が揺らされると、地震が起こるんざます。文献によると、千年前の世界規模の大変動（カタストロフィ）は、この柱がポッキリと折れてしまったから起こったざます。ここまでは、いいざますか？　ミス・リナ」

カーテンを半分閉めた日当たりのいい教室で、利菜は真面目に授業を受けていた。

利菜に識字能力がないことは、すでに教師陣にも伝わっており、利菜の授業では極力文字を使用しない方針が取られている。

無論、読み書きの授業も特別に用意され、初歩の初歩から文字を習っている最中だ。文字に限らず、利菜にはこの世界の常識がまるでないので、一般教養を強化するカリキュラムが組まれていた。

いつもならば一般教養はスコットティーが教えてくれるのだが、彼女は現在、用事で学外に出ているとのこと。

代わりに、マーガレットが利菜の授業を受け持っていた。

「ザーマス先生」

「ちょっと。わたくしの名前は、マーガレット・オブラ……」

「で、ザーマス先生。この地図に載っている、ひっくり返した丸いプリンみたいなのが、私たちがいる世界になるわけですか？」

ザーマス先生というのは、利菜がつけたマーガレットのあだ名だ。

語尾に「ざます」とつけるところから、その名前をつけた。髪型や濃い化粧とか、そういうのをひっくるめて、ぴったりだと思っている。

最初は利菜しか呼んでいなかったのだけれど、いつの間にか浸透し、今ではほとんどの生徒がマーガレットをザーマス先生と呼んでいた。

当然ながら、呼ばれている本人はとても嫌そうだ。

「そうざます。その下のピザの生地のように伸びたのが、大地——つまり大陸ざます。この下方——原初の海と大地の間に死者の魂が向かう死の国、陰府があるざます。この大陸には、帝都を始めいくつもの都市があるざますが、この帝都ほど巨大で文明の発達した都はないざます」

「このプリンみたいなのは？」

プリンの下に敷かれているのが大陸だとすると、大陸を覆うようにかぶせられている半球体はいったいなんだろう？

「もちろん、天空ざます。ミス・リナも、昼には太陽を、夜には星々や月をご覧になるざましょ？」

「ええ」

「天空は球状になっており、大きな星と小さな星がそこに配置されているんざますよ。大きな星、つまりは太陽が昼間を照らし、月やその他のもっと小さな星が夜を照らすんざます。天空には天の窓と呼ばれる穴が無数にあり、その穴を神が開くことで雨が降るんざますの。この辺りのことは、小さなお子様でも知っていることざます」

今までどんな教育を受けてきたのだ、とキラリと光る眼鏡（めがね）の奥から言われている気がする。

「ど田舎者でして」

利菜はいつもと同じ言い訳を使った。大抵これで納得してくれる。

ふと、利菜は自分の知っている天体とどのくらい違いがあるのだろう、と疑問に思った。

「火星とか木星とかはないんですか」

「火の星や木の星のことざます？」

「あるんですか！」

利菜は声にわずかな驚きを乗せた。

「もちろん。ミス・リナの村では、そういう呼び方をしてたんざますの？」

「……ええ、まあ」

話を聞くと、こちらでも火星——火の星という呼び方をするようだが、そういった星があるみたいだ。

「授業を続けるざます。えー、この世界は樹母（ユミル）の大地と呼ばれており、先ほど軽く触れたざますが、千年前に再構築された世界と言われているんざますの。それまでの人類は、非常に高度な文明を築いており、天界にまで旅立つことができる飛行船を作り出していたとか……高度すぎる文明を作り上げた人間は禁忌（きんき）を犯してしまったんざます」

「禁忌（きんき）……」

「天空の果てに辿り着く飛行船の発明ざます。神は天の高さと地の基の深さを人間に知られるのを非常に嫌っており、それを知ることは最大の禁忌と言われているんざますの。人類は天の果てまで辿り着いたことで神の逆鱗に触れ、世界は滅亡した――というのが、定説ざます」

利菜は質問した。

「一度文明が滅亡したというのは、なぜわかるんですか？」

「今の技術では解明できない原理でできている遺物が残っているから、ざます。今現在、残っている一番古い文献は千年前に書かれたもの。その書物には、遺物が使われていた世界のことが記されているんざます。それで、滅亡したのは千年よりさらに前ということがわかったんざます。歴史的には、千年前――滅亡する前の時代のことを、消失された世界と呼び、新たに生み出された世界、今の時代のことを再構築された世界と呼ぶんざます。この辺りは、試験の時にも出すざますから、しっかりと覚えておくんざます」

「ロスト・ユニバス。サクラダ・ユニバス」

なんとなく、紀元前、紀元後みたいな感じだろうか。

「それでは次、我が帝都についてお勉強をしましょう。ミス・リナは、これについてもまるで知らないという話ざますので」

「はい」

窓の外から、鳥の鳴き声が聞こえてくる。もうそろそろ、お昼ご飯の時間だ。

空腹を覚えながらも、利菜は顔だけは真面目な表情を作ったままにする。

「我が帝都ロザンクロスは十万人以上の人間が住む、樹母の大地最大かつ、文明の要となる都市ざます」

そう言って、マーガレットは世界地図とは違う地図を取り出した。

二人の間にある机の上に、その地図が置かれる。

この地図には、巨大な森に四方すべてを囲まれた街が描かれており、その内部も細かくいくつかに区切られていた。

「この四方を囲んでいるのが、大森林と呼ばれている森ざます。ミス・リナは帝都の外から来たというお話ですので、この森を通っていらっしゃったんざましょ？」

問われて、利菜は頷いた。

マーガレットの話によると、きちんとしたルートを通らないとかなり危険な森のようだが、利菜にとってはとても平和な森だった。食料はあったし、害意を持って襲ってくる獣にも遭遇しなかった。

「この地図でわかるように、帝都はほぼ円状にできているんざます」

「……この壁は？」

帝都に入る時に見た、高く伸びた壁だ。

「帝都を守る壁ざます。もっとも、帝都は大森林の中に建てられた都市ですので、そうそう外敵による危険に晒されるなんてことは、考えにくいんざますが。この壁には、東西南北にそれぞれ門があり、門から都の中央に向かって大きな通りができているんざます」

確かに、地図の中央には十字の大きな道があった。その中央に、何か大きな施設が描かれている。その建物は周囲を川で囲まれているように見えた。

「ザーマス先生。ここは？」

「皇帝陛下がいらっしゃる城ざますね。深い堀と塀があり、こちらからその外観は見えないざます。一般人の出入りは固く禁じられているざますから、決して立ち入ってはいけないざますよ。ここへの不法侵入は、さすがにうちの学園が帝都一権威があるといっても責任がとれないざます」

「万が一立ち入ったら？」

「極刑は免れないざます。首と胴体がお別れするようなことになりたくなかったら、近づかない方が賢明ざます」

「肝に銘じます」

ピンと立てたマーガレットの人差し指を見ながら、利菜はコクコクと首を縦に振る。

今は城よりも他にやらなければいけないことが山ほどある。

「まあ、いい子にしていたらその内、上空から城を見られる機会が来るざますよ」

「というと？」

「ふっふっふ」

キラーンと、怪しげに赤いフレームの眼鏡が光った。

「この白薔薇の園の生徒でい続ければ、超特別企画に参加する資格を得られるざます」

「特別企画？」

「ふっふっふっ。なんと、この学園の生徒には、あの豪華客船ステラに乗船する機会が与えられるんざます。あ、ステラはご存じ？」

「ええ。見たことがあります」

何せ、そのステラを追って大森林を歩き、結果としてこの帝都まで来たのだ。あの巨大で美しい船体は、そう忘れられるようなものではない。

「そのステラに乗船できる機会が、在学一年以上かつ、一定の成績を収めている生徒に与えられるんざます。ステラに乗船し、数日間旅行するんざますよ～」

「修学旅行というやつですね」

「そうそう」

それはまた、豪勢な。

来年にはあの船に乗る機会があるかもしれないと思うと、利菜はわくわくしてきた。

「ですが、この学園の一年は決して楽ではないざますよ。詰め込むことが色々ありますし、厳しい学園生活に耐えられず、やめていく生徒は多いんざます。ミス・リナの場合は、こういった小さな子どもでもわかっていて当然のことから始めなければならないので……正直な話、他の生徒に比べて、かなりの遅れが生じておりますのよ」

「精進します」

利菜の真面目な返答に、マーガレットは満足げに頷（うなず）く。

それからしばらくして鐘が鳴り、マーガレットの授業は終わった。

利菜は素早く授業の道具を鞄に片付けると、猛スピードで本校舎側の敷地に移動した。

朝晩の食事は寮の食堂で取るのだけれど、昼は本校舎にある食堂か、庭に来るワゴンカーからサンドイッチなどのパンをもらって食べている。しかし利菜たちのいる校舎は離れたところにあるので、本校舎で授業を受けている他の生徒たちと比べてかなり出遅れてしまうのだ。

食堂にもワゴンカーにも生徒全員分の食料は用意されているのだけれど、そこは食べ盛りの年頃。たまに想定以上に食べる人がいて、足りなくなることがある。何より本当に食べたいものにありつけないことがあるのだ。

弾丸のようなスピードで走り抜ける利菜にギョッとした目がいくつも向けられるが、気にしなかった。目的のワゴンの前に滑り込んで、ピタリと足を止める。

前に何人か並んでいるものの、まったく問題ない人数だ。

よかった。これならば、サンドイッチの種類を選べるだろう。

後ろを振り向くと、すでに行列ができている。

ふと、自分のすぐ後ろに並んでいる生徒と目が合った。プラチナブロンドを後ろに流した、目の覚めるような美少女だ。紫色の瞳がとても美しい。抱きしめたら折れてしまいそうな腰と、その腰に反して大きな胸。きっと、走ると揺れるに違いない。

制服は利菜と同じようにまだ真新しく、今期の入学生であることがうかがえた。

受験の時にも見かけた、あの子だ。やはり、近くで見てもかわいい。美しい。

「おお、美少女」

思わず言葉が口をつく。すると、その女生徒は片眉を跳ね上げた。

「馬鹿になさらないで」

紫の瞳に、敵意……というか、プライドを傷つけられて苛立っているような色が浮かんだ。

正直に褒めただけなのに、どうして怒られたのか利菜には理解できない。

「気を悪くさせたのならば、ごめん」

「ふん」

プラチナブロンドの少女はそっぽを向き、それ以降は利菜と目を合わせようともしない。

利菜は仕方なく意識を本日のランチに戻した。前を向き、ウキウキしながら順番を待つ。

利菜が並んでいるワゴンは、ハードタイプのパンを使ったサンドイッチが美味しいことで有名で、毎回必ず一番に売りきれてしまう人気の店なのだ。

利菜の番が回ってきた。すでに顔見知りになっているスタッフに声をかける。

「こんにちは。デラックスサンドのロングを二本と、スモークサーモンのチーズオニオンサンドを三つ、それからフィッシュフライのサンドを二つ、フルーツサンドを三つ。あと、チキンの香草焼きを五つ、ポテトの山盛りフライを二つ、ドリンクの中サイズを一つと、大を二つください」

淀みない利菜の注文に応え、次々と品物を袋に詰めていくスタッフ。

阿吽の呼吸が、そこにできあがっていた。

受け取った利菜はメイと約束をしている場所に向かう。

利菜は学園の行事に関する書類などを、メイに読んでもらっていた。そのお礼にランチの調達を買って出ているのだ。

メイはそんなことはしなくてもいいと遠慮していたが、それでは、彼女に一方的に甘えることになってしまう。友だちではなく、利用するために一緒にいるようで嫌だった。

何より、メイはこういう食料争奪戦に向いていない。彼女は性格が優しすぎて、飢えた生徒たちと食料を巡って戦うことができないのだ。

無論、並んでいる人間を押し退けるような真似は利菜だってしない。そんなことをしなくても、とにかく素早く走り、誰よりも先に列に並べばいいのだ。メイも足が速い方だけれど、利菜の方が圧倒的に速い。だから、利菜がランチを買いに行っていた。利菜が行けば、勝率はほぼ百パーセントだ。

メイはすでに約束の場所に座っていた。予め用意していたシートを敷き、ちょこんと腰を下ろしている。

「リナさ～ん」

嬉しそうに手を振るメイに、利菜は早足で駆け寄った。

利菜たちの座っている場所は日当たりがよく、それでいて近くに大きな木があり、適度な木陰ができている。目の前は薔薇園で、景観も最高だ。

けれど不思議なことに、利菜たちが座るシートの近くには誰も近づいてこなかった。

利菜はこういうことが多い。

大抵の人は利菜を遠巻きに見るのだ。それはこの世界に来てからもかわらなかった。

「今日も無事に任務を果たした」

「うわああ。すごいです〜」

利菜が持っていた大きな紙袋から出された食料の山に、メイは驚きの声を上げる。

「うう。いつも、リナさんのお買い物パワーはすごいですね」

「好きなものを取って。どれも、一度食べて美味しかったやつ。メイ、フルーツ好きだから、フルーツサンドも買った」

「あ、嬉しいです！　ありがとうございます、リナさん」

メイがさっそくフルーツサンドに手を伸ばし、中サイズのドリンクを取った。

利菜はボリューム満点のデラックスサンドのロングを頬ばる。

カリッと焼き上げたパンの固さと香ばしさがたまらない。中に入っているのは、グリルした豚肉と、生玉ねぎ、スライスしたレモン、パプリカ、大量のハーブだ。それにペッパーソルトがかかっている。シンプルな味付けだけど、利菜は気に入っていた。

夢中でハグハグと食べていると、甲高い声がかけられる。

「ちょっと」

聞き覚えのある声だ。というか、ついさっき聞いた。

大口を開けてサンドイッチにかぶりついていた利菜は、そのままの格好で声の主を見る。プラチナブロンドの美少女が、片手に小さな紙袋を持って立っていた。

その後ろに、数人の少女たちがいる。一歩引いているところを見ると、美少女の取り巻きみたいだ。

件の少女は利菜を見て、それからシートの上に広げている食料の山を見る。軽く眉をひそめると、利菜の横に座っていたメイを見た。瞬間、メイはビクリと震える。

そんなメイを気にも留めず、再び少女は利菜に視線を戻した。

「ここにいるのは、二人だけですの？」

利菜は一つ頷き、メイはコクコクと何度も頭を縦に振る。

プラチナブロンドの少女は少し考え込み、口を開いた。

「わたくし、あなたのお友だちに一言文句を言いにきましたの。一人で、あんなに大量のお買い物をさせるだなんて、なんて友だち甲斐のない方でしょう……と思って」

どうやら彼女は、一人で何個もパンを買い込む利菜を見て、友だちからパシリにされていると思ったようだ。それで義憤にかられ、利菜の友だちに文句をつけにきたらしい。いい子だ。

けれど、実際はほぼ利菜一人だけの食料なので、少女が怒る必要はない。

「これ、私のご飯」

「……そのようですわね」

食べていたものを呑み込んだ利菜が言うと、少女は少し疲れたように答える。

どうやら勘違いだと、わかってくれたみたいだ。

「あなたたちは、お帰りなさい。わたくし、本日はこの方たちとお食事を取りますわ」

少女の言葉には、拒否を許さない響きがあった。人に命令することに慣れ、その環境に疑問を持つことなく育っているに違いない。取り巻きたちは会釈をして、大人しく下がっていく。

「こちらに失礼しても、よろしいかしら？」

「どうぞ」

「あ、はい」

シートはそう広くないが、もう一人くらいならば座っても問題はない。許可を得て、少女は空いているスペースに優雅に腰を下ろした。

白い肌、細い腰、手足も細く、手首にはプラチナのブレスレットが揺れている。年齢は、利菜と同じくらいだろうか。身長も同じくらいだ。

ただ、胸囲だけは決定的に違っていた。シンプルな紺地のワンピースの上からでも、豊かに盛り上がっているのがよくわかる。

「わたくしは、レイニー・エイ。本校舎のクラスに所属していますわ。あなた方……リナ・カイドウとメイ・ブロッサムでしょう？」

名前を言い当てられ、利菜はレイニーと名乗った少女をキョトンと見た。メイも同じようにレイニーを見ている。

レイニーは意外そうな表情で二人を見返してきた。

「……あなたたち、自分たちが有名なの、ご存じないの？」

二人はそろって首をぷるぷると横に振る。

何がどうして、有名なのか。

やはり、学園始まって以来の馬鹿だということが知られているのかもしれない。試験を白紙で出した話が広がっているのか、文字が読めないことが広がっているのか……

どちらにしろ、利菜には馬鹿だと思われる要素しかない。

でも、メイはどうなのだろう。

隣に座るメイを見ると、彼女もなんだか落ち込んでいるように見える。

合同授業の時しか一緒に勉強する機会はないけれど、利菜が見る限りメイはとても優秀な生徒だった。教師の問いかけにはほぼ百パーセント正しい答えを返しているし、教師も満足そうだ。

そこまで考えて、優秀だから有名になるということもあるかと、利菜は思い至った。

「メイ・ブロッサム。今期の入学試験の総合五位。薬学においては、ただ一人の満点取得者。非常に優秀な生徒ですもの。名前くらい知っていますわ」

やっぱり。そうだろうなと思っていたので、驚きはしない。

そんな利菜に反して、メイは褒(ほ)められると思っていなかったみたいで、落ち込んだ表情を消し、すぐに照れたように頬を赤く染めて下を向いた。

「あ、ありがとうございます……」

友だちが褒(ほ)められるのは嬉しい。

利菜も一つ頷(うなず)いた。

レイニーの視線が、今度は利菜に向けられる。

「そして、あなた。リナ・カイドウ。非常に高い星(アスターシェ)の持ち主だと聞いていますわ。体術では、並ぶものがいないとか」

（あ。そっちか）

言われて、合点がいった。

星は、その人間が持つ生命力が圧縮されたものなのだそうだ。こちらの世界では人間の能力の基準になっている。

そのエネルギーは具現化することができ、機械などを動かす動力源にもなっている。車も船も飛行船も、すべてこの星で動いていた。

この学園に入学して約一週間。

利菜は学園で星のことを学び、少しだけならば使えるようになっていた。

身体の一部分に意識を集中して、そこから何かが出てくるようなイメージを練る。それを外に放出すると、体内の星が力となって出るのだ。

利菜は教師から説明を受けすぐにできたのであまりよくわからないが、星の扱いは難しいらしい。

星の授業は合同で行われるため、利菜は他の生徒たちが苦労しているのを見ていた。メイも、なかなか苦戦しているようだ。

利菜は一人だけさっさと星の基礎を会得してしまったせいで、担当教員のチェルターの判断により、それよりも一歩先にいった星の使い方の応用——呪文による強化をマンツーマンで習っていた。星は、言葉でいくらでも威力を高めることができるらしいのだ。

座学や基礎的なメイドとしての技術は最下位なものの、星を使うものになると、利菜は圧倒的に優秀だった。そういった話が、他のクラスにも流れているのだろう。

「わたくし、あなたに興味がありますの」

自分の分の紙袋を開け、小ぶりの野菜サンドイッチを手に取りながらレイニーは言う。

その時には、利菜はすでに三つめのサンドイッチを食べ終えていた。ゴクゴクと、大きなサイズのドリンクを飲む。中身は爽(さわ)やかな味わいと甘味がマッチしたオレンジ系のドリンクだ。

「ちょっと。真面目に聞いてくださらない？」

「聞いてる聞いてる」

チキンを口に入れながら利菜は答える。

レイニーが表情を曇らせ、不満そうに見てきた。けれど今、一番大事なのは食事だ。ご飯の時間にご飯を優先して何が悪い。

話自体はきちんと聞いているのだから、これ以上の文句は受けつけないぞ、と利菜は目でレイニーに訴えた。

メイは大人しく利菜の横で、自分の分の食事を取っている。

我関せずというよりも、自分のことは空気だと思っていてください……といった感じだ。

「わたくし、幼い頃から家庭教師について、ありとあらゆる分野のお勉強をしてまいりましたの。おかげで、この学園でもそれなり以上の成績を収めていますわ」

「それはそれは」

見た目通りというか、なんというか。自信を隠さないタイプの子だ。

利菜はこういったわかりやすい人が、決して嫌いではない。

「特に、星（アスターシェ）の扱いについては、先生方からお金持ちのお嬢様にしておくには惜しいくらいだとの評価をいただいておりますの」

「お金持ちのお嬢様なんだ」

これもまた、見た目通りだ。一度も働いたことのないような綺麗な手や、その物腰から裕福そうだと思っていた。

「エイ家ってご存じありません？」

問われて、利菜は首を横に振った。メイも同じようにしている。

「あらまあ。うちの商会も、思ったほど名が浸透していないのかしら……。この帝都でも、トップクラスの大商会だと自負しておりましたのに……」

気を悪くしたというより、純粋に驚いているらしい様子に、一応、言い訳を添えてみる。

「よそ者だから、私は。しかも、田舎生まれだ」

「……すみません。私も、北区生まれですから……」

萎（しお）れた青菜のように小さな声で言うメイに、レイニーの目が向く。

「あら。北区ですの。それは、ずいぶんとご苦労なさったのね」

「ええ。それなりに」

メイは顔を上げていた。その笑顔に力はないけれど、レイニーから目を逸（そ）らすようなことはしていない。

レイニーが、自分の紙袋から果物をチョコソースで固めた小さなお菓子を取り出した。

「お食べなさい。甘くてとても美味しいですわ」

「……ありがとうございます」

そう言ってメイは、お菓子を素直に受け取る。

利菜にはイマイチわからないが、メイとレイニーは『北区』というだけで、意味が伝わっているようだ。

帝都の外から来ている利菜が自分たちの話についていけていないことに気付いたのだろう。メイはチョコレートで口をもごもごさせながら、教えてくれた。

「……私の住む北区は、帝都で特に治安の悪い地域なんです。なんというか、毎日色々と事件が起きているような……とても、貧しい……親が子どもを育てることができなくて教会に預ける――私みたいな教会育ちの子がたくさんいる地区なんです」

メイは決して出生を隠すことはなかったが、その話をする時はいつも、どことなく元気がなかった。この世界で北区の出身というのは、世間的に引け目を感じることらしい、と利菜は理解する。

「メイ。お肉も食え」

利菜は最後のお楽しみにとっておいたチキンの香草焼きの一番大きな一つをメイに押しやる。

「柔らかくて、んまいから」

「あ、ありがとうございます」

チョコレートの後にチキンはいかがなものかと思っているメイの心も知らずに、利菜はいいことをしたな、とうんうん頷く。

利菜は、食べる順番など気にならないので、他の人たちも同じだと思っていた。

こほんと、レイニーが咳払いを一つする。

「それで、話を元に戻しますけれど……わたくし、星に関しては少々自信がありますの。同じ年頃の子の中では、随一だと自負しておりますわ」

「ほうほう」

「わたくしは、十七歳。あなた方は？」

「十七」

「わ、私は十五歳です」

利菜とレイニーは同じ年齢だった。メイは二つ下。

メイは身長が低いので、正直もう少し年齢が下かと利菜は思っていた。

「やはり、リナさんは同じ十七歳。新入生で、十七歳組は少ないでしょ？」

レイニーの言う通り、十七歳で入学する者は少ない。十五歳未満の子たちばかりなのだ。

卒業までに年数がかかるので、可能な限り早めに入学する人が多いそうである。

「わたくしはあくまでも、花嫁修業の一環として、両親からこちらを勧められましたの」

花嫁修業組か。

「ねえ、リナさん。今度、お互いの星の力を試してみません？」

突然の申し出に利菜は最後のサンドイッチを食べ終えると、目を瞬かせた。

メイも慌(あわ)てて、口を挟む。

「だ、だ、駄目ですよぉう！　許可のない星(アスターシェ)の使用は、学則で固く禁じられてますぅ！」

「知りませんの？　半年後に学内全体の競技大会が開かれますのよ。生徒ならば、誰でも参加可能。優秀な成績を収めれば、それはそのまま生徒の内申書に反映されますの。卒業後の就職にも、非常に有利になりますわよ」

レイニーの説明によると、白薔薇の園(メア・プリローズ)では年に一度、色々な科目の公開試技を行う大会があるとのこと。学年、年齢、性別関係なく参加できるらしい。

その大会では、学園で学んだ知識、メイドや執事の給仕の技巧、それから星(アスターシェ)の扱い方を競うのだとか。参加するもしないも自由で、観戦だけを楽しむ生徒も多数いるのだ、と利菜たちは聞いた。

「でも、私たち……まだ入学したばかりですし」

自信なさげにメイは言う。メイが不安がるのは無理もなかった。学園全体の生徒が参加するとなれば、まだ入学して日が浅い自分たちは不利だろう。

「先輩たちに比べて学習が足りていないことは、わたくしとて自覚していますわ。それでも、参加をやめる理由にはならないでしょう？」

確かにそうだし、面白そうだ。

利菜たちの校舎は本校舎と離れているので、他の生徒たちの授業風景を見る機会がない。大会に出て他の生徒たちの実力に触れるのも悪くはないんじゃないか、と利菜は思い始めていた。

「ちなみに、各種目でそれぞれ三位までは豪華な賞品が出ますわよ。大したものじゃないですけど参加賞も出るはずです」

「賞品？」

　レイニーは色々と詳しい。それもそのはず、商品を用意するのは毎回彼女の実家の商家なのだそうだ。

　賞品がなんなのかレイニーに聞くと、一位と三位は利菜には興味がないものだった。けれども、二位の賞品に利菜の目が輝く。

「星（アスターシェ）を使った体術に参加する」

　利菜は即決した。

　レイニーが満足げに唇に笑みを浮かべる。メイはしばらく考え込み、そして首を横に振った。

「やっぱり、私は辞退します。まだ、そういう大会に参加できるような実力はありませんから」

「腕試しのつもりでもいいんじゃない？」

「いえ、今年は見学します。来年、自信ができたら、参加しますから」

　メイと付き合っている内にわかってきたが、彼女は慎重派だった。後先のことを考えずに、勢いとノリだけで突き進んでしまう利菜とは対照的だ。

「わたくしも星（アスターシェ）の体術に参加します。お互いに決勝戦まで残れば、手合わせする機会が必ずありますわ。トーナメントの組み合わせによっては、それより早く対戦することもあるでしょう。決して、負けないので覚悟なさいませ」

「うん」

利菜も負ける気はしない。レイニーの宣言を正面から受けとめる。
その日を境に、ランチタイムにレイニーが加わることになった。

翌週の星（アスターシェ）の体術の授業。声も出せず、利菜は後方に飛ばされた。

「……ッ！」

咄嗟（とっさ）に腹部に力を込めて、着地し、たたらを踏んで、体勢を整える。衝撃はなかった。ただ自分は肩を掴（つか）まれ、そのまま力任せに投げ捨てられたのだ。

無茶苦茶だった。百六十センチを超している自分を、力で投げるなんて。

自分を投げ飛ばした剛腕の持ち主を、冷や汗の流れる思いで利菜は見つめた。

木でできた床。他に余計なものが一切置かれていない体術の訓練室には今、利菜とチェルターしかいなかった。

ここは健康維持を目的とした適度な運動をするための部屋なのだけれど、利菜の場合は適度な運動にこの部屋を使用したことがなかった。

基本的に体術関係はマーガレットの専門であるはずなのだが、なぜか他の教師たちも自分たちの専門教科そっちのけで利菜をこの訓練室に連れ込んでは、戦闘技術を叩き込む。

利菜は床を蹴り、チェルターのもとへ走った。手には十日ほど前の授業で手に入れた、あのナイフを握っている。彼の隙（すき）を突こうとするが、なかなかうまくいかない。驚くほど手強（てごわ）い。チェルターが教師というのは嘘なのではないだろうか。訓練された兵士だと言われた方が納得できる。

チェルターの剥き出しの腕は逞しく、運動を始めて三十分近く経っているというのに、汗一つ流していない。

対して、利菜はうっすらと首筋に汗をかいていた。

利菜は後ろに下がり、チェルターから距離を取る。軸足に力を込めた。意識をそこに集中すると、ぼんやりとした温かさを感じる。

そのぬくもりは体内を巡る星——

「っ！」

再び、床を強く蹴った。真っ直ぐに利菜の身体がチェルターめがけて発射される。狙うのは、腕だ。

(当たった！)

確かにナイフが突き刺さる手応えがあった。

けれど——

「速いな。リナ・カイドウ。だが、弱い」

チェルターの腕に、利菜のナイフが突き刺さっているように見える。

でも、よく見ると彼の二の腕の部分、ちょうどナイフが突き刺さっている箇所に、薄いシートみたいなものが広がっていた。そのシートは黒く、ナイフの衝撃からチェルターの肉体を守っている。

利菜は自分のナイフとチェルターの腕を交互に見た。ナイフがヒットすれば、今日の授業は終わりにして少し早めにランチへ行っていいと言われていたから、張りきっていたのに……

「先生。それ、なんですか？」

「それ？」

問い返される。利菜の視線は、チェルターの腕の動きを追っていた。彼の腕を防御していた黒い何かは、すでになくなっている。でも、見間違いではないはずだ。

「さっき、先生の腕を覆（おお）っていたものです。ああいう防御方法があるなら、先に言ってください。ズルいです」

知らない技術で防御されるのは納得がいかない。実戦であれば、そういう甘えは許されないだろうけれど、ここは学校。知識を得るための場所だ。

知らないことを教えてもらっても、許されるだろう。

「……リナ・カイドウは何が視（み）えたんだ？」

「何がって」

妙なことをチェルターは聞く。そんなもの、見たままだ。

「先生の腕を覆（おお）っていた黒シート状のものです。それ、先生の星（アスターシェ）でしょう？」

利菜の星（アスターシェ）は、どこまでも美しい青。

先ほど利菜はそれをスピードアップのために利用した。同じように、チェルターも星（アスターシェ）の力を利用して、防御していたはずだ。それはわかるけれど、防御にも力が使えるなんて利菜は知らなかった。

もっとも、足に星（アスターシェ）を集中させて動きを速める方法も、誰かに教えられたわけではなく、授業中に偶然見つけたものだ。

最初は、思いつきで。その思いつきは結果を伴（ともな）ったので、利菜はちょくちょくこの手を使って、ランチ争奪戦の時にスピードアップしていた。

防御の方法も身につければ何かに使えるかもしれない。

「先生？」

構えていたチェルターは、不意に通常の体勢に戻った。利菜も構えを解く。

どうやら今日の訓練は、一区切り着いたらしい。

「リナ・カイドウ。君はずいぶんと、いい目を持っている。他人の星（アスターシェ）が視（み）える人間は多くない」

「そうなんですか」

利菜にはごく普通に視（み）えていたので、他の人にも視（み）えているものだと思っていた。けれど、チェルターの口振りでは、そうではないようだ。そう言われると、入学試験の体力測定の時、利菜には見えていたスコットティーの手から出ていた光が、メイには見えていないことがあった。

「確かに、私の星（アスターシェ）は黒だ。それを他人に指摘された経験は、そうない。勘が鋭いというのもあるだろうが、君は目がいいのだな」

「……そうですね。視力はとてもいいと思います」

「視力と、そういった能力は別物なのだが……。いずれにしろ、稀有（けう）な才能には違いない。君は以前の演習の時、森の中で迂回（うかい）はしなかったと言っていたな」

「校舎の裏の森の中を走らされた時の話ですか。先生の使い魔を蹴散らしながら……？」

「そうだ」

「ええ。真っ直ぐ地図に描かれていたルートを走ったと思います」

チェルターの前を通過した後からは使い魔たちに襲いかかられはしたが、道をそれなければいけないようなことはなかった。おかげで、一番にゴールに辿り着けたのだ。

「どのルートでも地図通りの道を行くと罠にかかるようになってたんだ。それに一度も引っかかることなく、ゴールまで辿り着いた。君は罠を無意識に感知して避けたのだろう」

どこかで、同じような話を聞いた気がする。

そうだ。大森林の中の湖には、誰も行かれない。無理に目指すと迷うことになる、と授業で習った。それを利菜は、あっさり見つけている。

「君にはおそらく、真実を見極める目が備わっている」

「そんな便利な目が」

「おお！」と、驚くものの、おそらく表情には出ていない。チェルターも感情を顔に出すのが苦手なタイプらしく、テンションが低い。傍から見れば無表情の二人が「おお」だの「すごいな」などと、言いあっている妙な場面だっただろう。

「ところでリナ・カイドウ。先ほどの質問についてヒントをやろう。君は足に星を集中させていたな。あれと同じことをナイフにすれば、ナイフを強化することができる。私の張った防御壁を貫ける……かもしれない」

「え」

それはいいことを聞いた。

利菜は自分が持っているナイフを見る。刃渡りの短い、シンプルなナイフだ。気に入っている。

「通常のナイフでは、星の力を上乗せすると刃が耐えきれないが、君の選んだナイフは星の力が宿る特別製だ。力を乗せても問題ない。もっとも、物質に星を宿すのは熟練した技術が必要になるので、初心者の君では――」

「できました、先生」

説明を聞いている途中から、利菜はナイフに意識を集中させていた。ほどなくして、刃が青い光を帯びる。

チェルターの灰色の目が利菜のナイフを捕らえた。十秒ほど黙り込み、ただ一言呟く。

「まぢか」

そんな砕けた口調のチェルターを見たのは、後にも先にも、これ一度きりだった。


半年後。公開競技大会が無事に行われた。

利菜は星を使った体術にエントリーし、決勝戦まで残った。

この半年間、必死に勉強したとはいえ、他の分野はまるでお話にならないことを利菜は痛いほど理解している。登録するだけ無駄なので、最初からそちらには参加申し込みをしなかった。

決勝戦で戦ったのはレイニー……ではない。彼女は準決勝で先輩に敗れてしまったのだ。とてもいい戦いをしていたが、経験の差で泣かされた。

もっとも、彼女は違う競技で二つも優勝している。

豊富な知識と話術、それから奉仕の心。お嬢様だけに、メイドや執事といった人々を近くで見て育ったのが有利に運んだのだろう。何より、真面目に授業に取り組み、技術を取り込む能力の高さが、レイニーを優勝まで導いたのに違いない。

「負けたら承知しませんわよ、リナさん」

すっかり仲よくなったレイニーに、決勝戦の始まる直前、きっちりと釘を刺された利菜ではあったが、あっさりと負けた。

相手の攻撃をまともに受け、場外に吹っ飛んだのだ。

自ら(みずか)対戦相手に当たりにいって、自分で後ろに飛んだのだけれど、本人が「負けました」と認めたために、審議されることなく利菜は二位になった。

今、利菜の手には、二位の賞品である【焼肉もうぎゅう　一年間フリーパス】がある。

フリーパスを手に入れた当初、喜びで小躍りしていた利菜だったが、その後、レイニーに思いきり怒られ、頭にげんこつまでもらい、しょんぼりと落ち込んだ。

勝負ごとに手を抜くなどもってのほかというのが、レイニーの言い分だ。けれど、利菜は最初からこの二位の商品だけを狙って参加してたので、後悔はない！

ところが。その後、利菜は気付いた。自分たちは長期の休みに入らない限り、学外に出ることはない。つまり、この券を使う機会はほとんどないのだ。

利菜は【焼肉もうぎゅう　一年間フリーパス】を枕もとに置き、シクシクと涙で布団を濡らして眠るハメになった。

ある日の夕方、寮の食堂前には人だかりができていた。

利菜はメイや他の寮生たちと一緒に、深刻な顔つきで一枚の張り紙を見つめる。

「由々しき事態だ、メイ」

「そうですね、リナさん」

利菜とメイは互いの手を取り合って震える。

周囲の学生たちも表情を曇らせてざわついていた。

寮の食堂前の張り紙には、【調理人がぎっくり腰のため、本日の営業をお休みします】とある。

利菜たちが住む寮の食堂では、年配のおばちゃん職員が全員の食事の準備をしていた。そういえば彼女が最近腰が痛いと嘆いていた記憶がある。

日々の努力が実り、利菜は最近ようやく字が読めるようになってきた。自分で張り紙が読めたのはいいのだが、そのおかげでこんな哀しいことを知ることになろうとは、夢にも思わなかった。

「……馬鹿な。成長期の私たちに一食抜けというのか……」

サバイバルじゃないのに!!

利菜は立ちくらみを覚え、メイから手を離すとフラリと壁に寄りかかった。基本的に物事に執着することはないけれど、それが食事となると別だ。

大自然の中でのサバイバル生活ならば、食事を抜くこともやむなしなのだが、普段の生活の中で一食抜くのは、精神的なダメージが大きい。

特に寮の食事は味が抜群なので、楽しみにしているのだ。その楽しみを奪われ、利菜は嘆き哀しんだ。

「むごい……あまりにも、むごすぎる……。神も仏もこの世界にはいないのか！」

ヨヨヨと泣き崩れる利菜に、周囲は何もそこまでといった視線を投げかけた。他の寮生たちも不満を覚えてはいるだろうが、利菜ほどショックを受けている生徒はいないに違いない。

「一食くらいなら」

抜いても平気なんて声が聞こえるけれど、利菜は平気じゃない。

今夜のご飯を、どれだけ楽しみにしていたことか！

目玉焼き載せハンバーグだって、食堂のおばちゃんが言っていたのに……！

「おばちゃん……大丈夫かな」

今度、腰のマッサージでもしてあげよう、などと思いながら、利菜は今夜食べるはずだった夜ご飯に想いを馳(は)せる。

ともすれば異世界にいるとわかった時よりも、動揺していた。

「あ。リナさん。調理室と材料を使ってもいいみたいですよ」

張り紙に続きが書いてあると、メイが指摘する。壁に寄りかかりヨヨヨと泣いていた利菜は急いで張り紙の前に移動した。ズイッと顔を近づける。

確かに、そんなことが書いてある。涙を指先で払いのけ、メイに尋ねた。

「てことは……材料は食べてもいいのかな？」

「そういうことだと思いますよ。よかった。調理室が使えるなら、問題ありませんね」

他の寮生たちもホッとした表情で胸を撫で下ろしている。

「そうだな。素材のままでも食べられれば、ありがたい」

さすがに生肉を食べる気にはならないけれども、野菜や果物なら生でも齧れると笑みが浮かんだ。

利菜は料理が一切できない。切ったり焼いたりはできるが、それ以上のことをやると不思議なことに、大惨事が起こるのだ。

今まで何度となく自宅のキッチンを壊滅させて【お嬢立ち入り禁止】にされていたのを思い出した。

ところが、メイがにっこりと笑って利菜の手を取る。

「何言ってるんですか、リナさん。自分たちで作るんですよ」

利菜は遠い目をした。


「――というわけで、レッツクッキングです、リナさん！」

他の寮生たちがそれぞれ適当に料理を作った後、残された利菜とメイは共にエプロン姿で調理室に立っていた。メイがメインとなり、利菜はあくまでも補助に徹するつもりだ。

人間、向き不向きがあるので、率先して自らの腕をふるうつもりにはなれなかった。

被害が自分だけではなく、メイにも及ぶのはかわいそうである。

「今夜が命日……でも大丈夫。いつでも死ねる覚悟で日々生きている！」

「えー!?」

いつもならば自室か談話室でまったりしている時間である。

調理室は決して狭くはないのだけれど、みんなが料理するにはスペースが足りなかったので、利菜たちは後から作ることにしたのだ。最後の方が、後ろを気にせずにゆっくりと作れるから、利菜たちとしてもそちらの方がよかった。

「リ、リナさん……そこまで覚悟を決めなくても……」

「このくらいの覚悟もなく、料理をしようというの!?」

「えー？」

「……不思議と爆発する卵、そして小麦粉……キッチンは戦場なんだ……！」

少なくとも、利菜にとってのキッチンはそうだ。

ゆで卵をレンジでチンして、実家の台所で爆発させた記憶が蘇(よみがえ)る。

卵や小麦粉が爆発するなんて、誰が思うだろう……

「……リナさんのおうちは、どんなデンジャラスなおうちだったんですか……？」

まるで戦場に赴(おもむ)く戦士のような顔つきになる利菜に、メイが恐る恐る突っ込んだ。それを笑顔でごまかす。

「……ところで、メイの料理の腕は……いかほど？」

わずかな期待を込めて、利菜はジッとメイを見つめた。メイの白い頬が利菜の熱視線にさらされてほんのりと赤くなる。

「それなりに作れる方だと思いますよ。シスターたちのお手伝いで、よくキッチンに立っていましたから。まあ、いわゆる貧乏料理しか作れないんですけど」

お店に出るような高級な料理は作れないと、メイは苦笑する。

その言葉を聞いた瞬間、利菜はメイを尊敬の眼差しで見つめた。

「メイ……君がルームメイトで私とお友だちになってくれたことを、今日ほど頼もしく思ったことはない……ありがとう」

「リ、リナさんにそう思ってもらえるなんて、料理ができてよかったです」

利菜の勢いにメイはタジタジだ。

利菜は生の素材をそのまま食べるつもりだったので、料理ができる人がいてくれるだけでありがたかった。

「それではとりあえず、オムレツとスープでも作りましょうか。パンは作り置きしている分があるみたいなんで」

「了解です、隊長。でもできれば、お肉も欲しいです、隊長」

ビシッと敬礼しながら、利菜はすかさず注文をつける。利菜がよく食べることはメイも重々承知しているので、笑って頷いてくれた。

メニューが決まったので、材料を用意して調理開始だ。

メイの指示に従い、利菜もできる範囲で手伝いをする。とりあえず、ボールに卵を割り入れよう

郵 便 は が き

1 5 0 8 7 0 1

料金受取人払郵便

渋谷局承認

7227

0 3 9

差出有効期間
平成28年11月
30日まで

東京都渋谷区恵比寿4−20−3
恵比寿ガーデンプレイスタワー5F
恵比寿ガーデンプレイス郵便局
私書箱第5057号

株式会社アルファポリス
編集部 行

お名前
ご住所 〒 TEL

※ご記入頂いた個人情報は上記編集部からのお知らせ及びアンケートの集計目的以外には使用いたしません。

ご愛読誠にありがとうございます。

読者カード

●ご購入作品名

●この本をどこでお知りになりましたか？

年齢　　歳　　　　　性別　　男・女

ご職業　　1.学生（大・高・中・小・その他）　2.会社員　3.公務員
4.教員　5.会社経営　6.自営業　7.主婦　8.その他（　　　）

●ご意見、ご感想などありましたら、是非お聞かせ下さい。

●ご感想を広告等、書籍のPRに使わせていただいてもよろしいですか？
※ご使用させて頂く場合は、文章を省略・編集させて頂くことがございます。
（実名で可・匿名で可・不可）

●ご協力ありがとうございました。今後の参考にさせていただきます。

と、籠から卵を数個取り出し、割ってみた。

これくらいは簡単なはず。やり方は知っている。

要は、何かにぶつけて割ればいい。そして、中身だけをボールの中に落とせば任務完了。子どもでもできることだ。

「ふっふっふっふ」

そう、たかをくくっていた利菜だったが……

カンカン、グシャ。

「……」

ボールのふちに卵を軽くぶつけて割ろうとしただけなのに、卵はグシャグシャに割れてボールの周囲に散乱した。どうやら、力加減を間違えたらしい。

利菜は笑みを消し、無言で次の卵を手に取った。

先ほどよりも力を抜いて……カンカン、グ、グシャ。

「……」

今度はわずかに勢いが弱まり、割れた。先ほどと同じように、ボールの外で卵が無残な姿となり果てている。

「なぜ？」

失敗すること、さらに五回。ようやく六個目の卵で、どうにかボールの中に入れることができた。

ただし、殻も思いきり入っている。

「……材料を無駄にしてしまった」

ボールの周囲に散乱する生卵の残骸を見て、利菜は苦い思いを噛みしめる。これでは、卵の集団自殺現場だ。さすがに三秒ルールで食べることもできない。

合掌して失敗した卵を証拠隠滅……もとい、お片付けする。

幸いなことに、オムレツに入れる材料をせっせと切っていたメイは、こちらの惨事には気付いていない様子だ。どうやら、具入りの野菜オムレツにするつもりらしい。

「リナさんは嫌いなお野菜とか、ないですよね？」

「毒のあるもの以外なら、なんでも大丈夫」

食べられるものならばなんでも食べる利菜は、好きなものは山のようにあっても、嫌いな食材は思いつかない人種だった。好まない味付けはあるけれども、嫌いというほどではない。

ボールの中から殻を取りのぞき、メイの様子を見に行く。利菜が苦戦している間に、メイは野菜を切り終え、ジャガイモをさいの目にして塩ゆでまでしていた。

「中身は何を入れるんだ？」

「トマトとブロッコリーとタマネギ、それからゆでたジャガイモです。包むタイプじゃないオムレツにしようと思って。うちの教会でよく出てたんです。安上がりで、お腹一杯になりますから」

メイはスパニッシュオムレツを作るつもりなのだろう。

懐かしい味なのか、微笑む顔は、幸せな思い出に浸っているように朗らかだった。

「何より、うちの野菜嫌いのチビ組たちも、こうやったら食べてくれるので」

こちらの世界でも小さい子どもが野菜をあまり好まないのは、一緒みたいだ。

「メイは教会が好きなんだな」

「はい。古くて狭くて、お世辞にも綺麗とは言えないんですけど……私にとっては、世界で一番大事な場所です」

血の繋がった肉親ではないけれども、それ以上の絆(きずな)で結びついている家族がいるのだと、メイは言う。利菜はメイのようないい子が育った場所なのだから、とても素敵なところだろうと思った。

「いつか、行ってみたいな」

「ぜひ、来てください。きっと、うちのチビたちも喜ぶと思います」

今度の長期の休みに一緒に行こうという計画を立てながら、メイが作業を続ける。卵の入っているボールにミルクと塩コショウ、砂糖を入れてかき混ぜた。

熱したフライパンにバターと卵が入ると、ジュウという音と共にふわりといい匂(にお)いが立ち上(のぼ)る。

フライパンの側面に卵の黄色い膜が張るのを見て、メイが切った野菜を追加した。トマト、ブロッコリー、タマネギ、ジャガイモが次々と落とされていく。

「あ、リナさん。スープをかき混ぜていてください」

「いつの間に」

メイはスープまで拵(こしら)えていた。利菜は卵を割るだけで精一杯だったというのに……

鍋の中で野菜がグツグツと煮られている。スープが透明なので、コンソメか何かのようだ。

「なるほど。オムレツと同じ材料をスープにしたのか」

「ハイ。手早く作れるので。一緒に塩漬けした豚肉を入れているから、いい味が出て美味しいと思いますよ」

スープの中に入っている野菜はオムレツとほぼ同じだった。その中に、メイが言っていた通り、一口大の肉が入れられている。日本ではあまり口にすることがない塩漬けの豚肉は、こちらでは割とポピュラーで、こうやってスープに入れて食べることが多い。

スープと野菜オムレツができ上がると、皿に盛りつけることになった。利菜が盛り付けをやっている間に、メイが食料庫から出した分厚いベーコンをバターとニンニクで軽くソテーにしてくれた。

ベーコンの脂がパチパチと音を奏で、香ばしい匂いが調理室の中一杯に広がる。

「ふわああ」

思わず鼻先をヒクヒクとさせ、匂いを嗅いでしまう。普段表情のあまり動かない利菜の顔が、恍惚となった。恋する乙女のように瞳がうるうると潤む。

その視線の先はフライパンでパチパチ弾けているベーコン肉。

利菜は、異性に恋をせずとも、お肉には恋するのだ。

テーブルの上に鍋敷きを置いて、フライパンのままオムレツを出す。ベーコンに生野菜を添えて、パンは籠に山盛り。スープも皿になみなみよそって、二人はテーブルについた。

「このオムレツは熱々の状態でたっぷりのトマトソースをかけるのがオツなんです」

メイはトマトソースをオムレツにたっぷりかける。

「おー。美味しそう」

見ているだけで、空腹が刺激される。すぐに二人は合掌し、食事を始めた。

「いただきます……！」

半熟の卵がかかったジャガイモをフォークで突き刺し、たっぷりのトマトソースを絡めて口の中に入れる。メイはパンに手を伸ばしていた。

「ふわああ」

思わず利菜の口から間の抜けた声が出た。

いつも食堂で食べる手の込んだ食事とは違うけれども、自分たちで作ったという事実を加味して、驚くほどに美味しかった。

「リナさん。お味はいかがですか？」

「すごく美味しい」

それ以外の感想が出るはずもない。利菜は卵しか割っていないし、重なる失敗で多くの犠牲を払ってきたが、それでも調理室を爆発させなかっただけで上出来だと思っていた。

「そういえば、確か今度、森の中での演習があったよね？」

ふと思い出して、利菜は言った。

「あ、そうですね。グループを組んで野外演習をするとか……だけど、うちのクラスはあまりメイド職と関係がないような授業が多いですよね」

「メイドは体力勝負だから心身共に鍛えるんだ、とか言ってたけどね、先生たちは。まあ、私は野外演習なら得意分野なのでいいけど」

「私は野草の知識はありますが……野外に泊まったことがなくて、少し心配です。グループのメンバーはランダムで決めるそうなので、もしリナさんと離れたら、うまくやれるかどうか」

「メイなら大丈夫でしょ」

むしろ心配なのは自分の方だ、と利菜は思っていた。利菜自身は、野外演習は得意だと自負している。けれども、それはあくまでも個人の時だ。

グループを組むということは、他の人と協力をしなければいけないわけで……

はっきり言って、この学園に入ってからメイとレイニーとしか一緒に行動をしていない。他の生徒たちとうまくコミュニケーションを取れる自信がなかった。

利菜は自分が友好的な性格ではないことを、重々承知している。

「せめて他の人たちの迷惑にならないよう気を付けないと」

「……私も気を付けておこう」

数日後に行われる三日間の野外演習を心配しながら、利菜たちは食事を続けた。


「あなた、文字も読めなかったんですってね？」

「それでよく、この学園に合格できたものだわ」

野外演習で利菜が同じグループになったのは、教室で見かけることはあってもしゃべったことのない生徒たちだった。

一人は背が低く、茶色の髪を伸ばしている。もう一人は利菜と同じくらいの身長で、鼻の頭にそばかすが散っていた。どことなく気が強そうな二人で、共通しているのは美少女であることだ。

(名前はなんだったかな……)

正直、メイ以外のクラスメートを覚える気がなかったので、二人の名前がさっぱりわからない。

今さら名前を聞くのもアレだし、まあ名前を知らないいくらい問題はないだろう。

今日から三日間、学園の敷地内にある森の中で過ごすことになっていた。それぞれテントや必要な道具は支給されているので、サバイバルというよりもキャンプだ。

利菜はさっさとテントを張って寝床を確保したかった。だけどなぜだか、同じグループになった二人組が、先ほどからネチネチと絡んでくるのだ。

どうやら彼女たちに自分はあまり好かれていないらしい。何かした記憶はないけれども、気が付かない内に他人を不快にさせてしまうことはある。

理由がわからない以上謝るつもりはないとはいえ、できれば三日間だけでも、それなりに仲よくしたいものだった。

こういう時、うまくコミュニケーションを取れないのは、利菜の短所だ。

「今はだいぶ読めるようになったよ」

素直に利菜が答えると、嘲るように二人はクスクスと笑い出す。

「読めるようになった、ですって？　今時、五、六歳の子どもだって字くらい読めるのに、本当にどんなド田舎に住んでいたのかしら？」

「ねえねえ、裏口入学したって本当？」

利菜が入学してしばらく経った頃。授業中に教師からの初歩的な質問に答えられず、識字能力がないことが周囲にバレてしまった。それ以来、利菜は裏口入学したのではないかという噂が立っている。無論、利菜自身にそんなことをした覚えはない。けれど、自分が想定外の合格だったことについては、思うところがあった。なので、噂を否定することなく、何か言われてものらりくらりとかわしている。

テントも張らずに、先ほどから口だけ動かす二人を呆れたように利菜は見やった。

「すごい田舎だった。裏口入学については知らない。それより、テントを張ろう。寝床は早めに確保していないと、後から面倒になるよ」

利菜一人でも張れることは張れるけれど、野外演習は協力し合うことが目的なのだ。利菜一人でちゃっちゃと済ませるわけにはいかない。そう思い声をかけたのだが……

「カイドウさんがやってよ。私たち、疲れちゃってー」

「そうそう。カイドウさんと違って、私たちはもう星を扱う応用の本を読むことが許されてるの。すごく大変であんまり寝てないのよねぇ。カイドウさんが羨ましいわぁ、いまだに基礎の教科書を習っているんでしょ？　いいわよねぇ、楽できて～」

「下手に優秀だと、レベルを上げられるから困るのよねぇ」

フフフと少女たちは意地悪く笑い合う。本人たちが言っているくらいなので、優秀だというのは間違いないと思う。

「……」

確かに利菜が習っているのは基礎の教科書だが、教師との個人授業ではとっくに星(アスターシェ)の扱い方や応用、呪文詠唱まで習っている。

利菜の担当をしてくれている教師には、ここまでハイスピードで星(アスターシェ)をマスターする生徒は今までいなかった、などと言われていたのに……

自分は思っていたよりも、だいぶ授業に遅れてしまっているのだろうか？

「それは大変だね。だけどこれは大した手間じゃないから、一緒にやろう」

めげずに声をかけると、露骨に嫌そうな顔をされてしまった。

（本当に私のことが嫌いなんだな、この子たち……）

元いた世界でも遠巻きにされることは多かったけれど、ここまで露骨に嫌われることはなかった気がする。

哀しいとか寂しいとか思う以前に、感動に似た何かを覚えてしまった。

「大した手間ではないのなら、あなたが一人でやりなさいって言ってるの。わかる？」

「どうして、一人でやる必要がある？　三人いるんだから、三人でやれば早いだろうに」

まっとうな意見を言ったつもりだったけれど、彼女たちはそうは受け取らなかったらしい。

「いい？　この学園は、実力主義なの。実力が上の人間に、下は逆らっちゃいけないのよ。カイドウさん、あなた、座学ではいつも最下位、実技に置いても最下位。そりゃ、多少……容姿はいいみたいだけど、顔だけでなんでも思い通りになると思ったら、間違いよ！」

「……そんなこと、微塵(みじん)も思ったことはないのだけど」

確かに座学でも、お茶や裁縫などの実技でも、利菜の成績は最下位だ。

唯一、教師陣から褒(ほ)められるのは体術と星(アスターシェ)の扱いだけ。それは教師とのマンツーマン授業になってしまったので、他の生徒たちが知らないのは仕方ない。

「あーもう、イラつく！　私、あなたのそういうところが嫌いなのよ！　何よ、クールぶっちゃって！　そんなこと微塵(みじん)も思ったことはないのだけど……ですって？　嘘でしょ!?　それだけ美人だったら、思ってるに決まってるじゃない！　私たちのことなんて、そこら辺の小石や虫けらくらいにしか見てないでしょ!?」

ヒステリックに叫ぶ少女に、利菜は少しだけ距離を取る。

（彼女はどうしたのだろう？　何かの発作かもしれない）

「……先生呼んでこようか？」

もしかして、自分が知らない間に毒きのこでも食べてしまったのだろうか、この子たちは。

治療の必要があれば言ってくれ、と真摯(しんし)に話しかけると、それが彼女たちの怒りをより一層ヒートアップさせた。

「腹立つぅぅう！　何、この子！　人を病人扱い!?」

「私たちのどこが病気だっつーのよ!?　馬鹿にして!!」

「馬鹿にはしていないけど、なんというか……少し、気が動転しているように見えるので」

どうにか言葉を濁(にご)そうとしたものの、あまり隠せなかった気がする。

「とにかく、なんでもないんだったらさっさとテントを張ろう。きっと先生たちのことだ、どこかで見て採点していると思う。グループ分けしている時に〝仲よくやれ〟みたいなことを言っていたから、争っていると点数を引かれるんじゃないかな？」

利菜の言葉に、怒っていた彼女たちはピタリと口を閉じた。互いに目配せをしている。

「……し、仕方がないわね。今は休戦にしてやるわ」

「……私たち、あなたなんか大嫌いだから」

何をして、ここまで嫌われてしまったのか……

理由は皆目見当がつかないものの、そういうこともあるよなと、あまり気にしないことにして、利菜はようやくテント張りにとりかかることができた。

テントを張った後は、食事の用意だ。利菜は調理班から外れ、森の奥で木を拾ってくる役目を仰せつかる。利菜に料理をさせなかったことで、その場にいた全員の命が救われたことになるが、その事実には誰も気付かなかった。

適当に焚きつけになりそうな枯れ枝を探して、テントに戻ろうとしていた利菜は、妙な音を耳にし、足を止めた。周囲の様子をうかがう。

「――メイ!?」

風に乗って届いた友人の悲鳴に、利菜は声の聞こえた方向に向かった。

森の獣道を全力疾走していると、不意に大きく開けた場所に出る。

そこには――

「や、やめてください。離してください!!」

見知らぬ男に細い手首を握られ、ジタバタと暴れるメイと、メイと同じグループになった少女たちの姿があった。他の少女たちも、メイと同じように拘束(こうそう)されている。

相手は身体の大きな男三人で、どう見ても、学園の敷地内を散歩しているようには見えなかった。この森は自然そのものでも、学園の敷地内だ。関係のない男たちが勝手に立ち入っていい場所ではないはずなのだが……

白薔薇の園(メア・プリローズ)には裕福な家の子どもたちが多く在籍しているので、たまに誘拐犯が侵入しようとすると聞いたことがある。まさか、それだろうか？

メイが利菜を見た。「逃げて！」と必死に表情で伝えてくる。

青ざめているメイの頬にぶたれたような赤い痕(あと)を見つけた瞬間。

利菜は考えるより前に大地を強く蹴って助走をつけ、高くジャンプした。

「私の友だちにナニしてんだ」

メイの手首を握りしめていた男の後頭部に膝(ひざ)を打ち込む。

突然の襲撃に耐えることができず、男は見事に吹っ飛んだ。メイの手首から男の手が離れている。

「ぐあぁああ！」

利菜は地面を吹っ飛ぶ男を追撃し、その横腹を蹴り上げた。その身体を半回転させてあお向けにすると、首を踏みつけ、男が立ち上がれないようにする。

その間、ほんの数秒の出来事だ。あっさりと男一人を拘束(こうそく)した利菜に、メイを始めとするその場にいる少女たちが唖然(あぜん)とした目を向けた。

「な、てめぇ、いきなり何を⁉」

男の仲間の一人が叫ぶが、「何を」と言いたいのは利菜の方だ。

「何を？　そちらこそ、何をしている？　嫌がる私の友だちに、何をしていた？」

「この人たち、いきなり出てきて……私たちを無理やり……‼」

メイが説明する。

誘拐か、それとも違う犯罪か。どちらにしろ、正規の方法で学園内に入ってきたとは思えない。

「うるせぇ！　お前らみたいな身なりのいいガキを売りゃ、けっこうな金になるんだよ！」

男の一人がナイフをチラつかせ、がなり立てる。

利菜の足の下にいる男は口から泡を吹き、白目を剥いていた。確実に急所を狙ったので、しばらく起きることはないだろう。

「メイ！　先生を呼んできて！」

身体が小さなメイは、再び人質にされる恐れがある。そういう心配を抜きにしても、友だちであるメイを早くこの場から逃がしてあげたかった。

「え、でも……」

「早く！」

強く言うと、メイは意を決したような表情で走り出した。教師たちはこの森のどこかにいるはずだ。けれど、これだけ騒いでも誰もやってこないところを見ると、近くにはいないのかもしれない。

うまくメイが教師の誰かを見つけてくれれば、すぐに学園のセキュリティーに情報が行って、侵入者たちを一網打尽にできる。

「ちくしょう！」

男が向かってきた。その手首に手の甲を当て、ナイフを弾き飛ばし、懐に入り込んで一本背負いで投げ飛ばす。この程度ならば、なんなく倒すことができる。

結局、メイがスコットティーを連れてくるまでの間に利菜は犯人全員をのしてしまっていた。

「まったく無茶をして。でも、お手柄ね、リナ・カイドウ。どうやら敷地内に複数の侵入者がいるみたいなの。残念だけど、今回の野外演習は終わりよ。他の生徒たちに連絡するから、あなたは自分のグループと合流し、一緒に寮に帰りなさい」

「はい」

外部の人間が侵入してくることは滅多にないが、今日はたまたま、侵入を許してしまったとスコットティーが説明した。

野外演習も始まったばかりだというのに……

「メイ……頬は、大丈夫？」

「は、はい。ちょっと、腫れただけです。助けてくれてありがとう、リナさん」

「ううん。もっと早く気が付けば、よかった……」

そうすれば、この白い頬を赤く腫らすことはなかったのに。

悔いて、メイの頬を優しく撫でる。

「だ、大丈夫です。このくらいなら寝て起きれば治りますから！」

「……そう」

自分のことなら、頬が腫れあがる程度の傷は気にならないけれど、それが友だちだと、胸がつぶれるような痛みを覚える。

利菜は好きなものはどこまでも好きで、大切にしたいものは何があっても守りたいのだ。

利菜は一つ息を落とすと、自分たちのテントを張った場所に戻った。

「きゃあああああああああ！」

「やめて離して‼」

まさかだった。

こちらもこちらで、今まさに例の少女たちが男たちに誘拐されそうになっている。ちょうど身体をロープでグルグル巻きにされ、担がれている最中だった。

（……侵入されすぎ）

利菜は呆れ、先ほどと同じように誘拐犯たちをボコボコにのしてやった。

「……大丈夫？」

よほど怖かったのだろう。少し前まで生意気な表情を見せていた彼女たちの顔は涙と鼻水でグチャグチャに汚れている。

「えーんえーん」

「こ、怖かったよぉう」

ロープに縛り上げられたまま、二人は泣いている。利菜は持っていたハンカチで彼女たちの顔を拭いてあげると、二人が落ち着くのを待って寮へ帰った。

後日。学園のセキュリティーが強化されたと発表された。

あの日、学内に侵入してきたのは人さらいを生業にしている犯罪グループで、学内の生徒を誘拐し身代金をせしめるつもりだったらしい。そんな事件を乗り越え、利菜たちは日常に戻っていった。

だけど、少しだけかわったことがある。

「リナお姉様。一緒にお茶でもしませんこと？」

「リナお姉様。お菓子はいかが？」

あの日、散々利菜につっかかってきた少女二人は、自分たちをさっそうと助けてくれた利菜の雄姿に心を入れ替え……というか、目覚めてはいけない何かに目覚めてしまったらしく、リナ・カイドウ親衛隊を名乗り始めた。

おそろしいことに、この親衛隊なるものは利菜のあずかり知らないところで、日々隊員を増やし続けているらしいのだ。

それはそれとして、利菜の学園生活はこうして順調に過ぎていった。

第四章　お嬢、空を飛ぶ！

そして、利菜が白薔薇の園(メア・プリローズ)に入学して一年が経った。

全長二百メートルを誇(ほこ)る超巨大豪華飛行船――ステラ。利菜、メイ、レイニーの三人は今、そのステラの中にいる。

この飛行船は帝都の繁栄の象徴だ。

船体の管理は帝都がしているが、中に入っている店には様々な貴族や商家が出資しており、この都を牛耳(ぎゅうじ)るマフィアが仕切っているのだとか。そんな裏の話がチラホラと聞こえてくる船だ。

それでも帝都に住む人ならば、一度は乗ってみたいと憧(あこが)れるのがステラだ。

船内のサービスは豪華ホテル並みに充実している。

この飛行船での旅が超豪華な旅行になることは間違いなく、その乗船料も目玉が飛び出しそうなほど高かった。

「おおおおおおお！　リ、リナさん！　レイニーさん！　と、飛んでますよ‼」

子どものような声を上げ、大きな窓ガラスに張りつきながらメイがはしゃぐ。

乗船する前は、こんなに大きな機械が飛ぶなんて信じられない、落ちるかもしれないと青い顔をしていたのに、すっかり上機嫌だ。

利菜は喜んでいるメイをマジマジと見る。

初めて会った時と身長こそさほどかわらないが、彼女の胸は確実に成長していた。

十八歳になった利菜は、成長を見せてくれない自分の胸にそっと服の上から触れる。相変わらず控えめだ。

なんて、貞淑な私の胸……などと思っていると、ペチンと軽く肩を叩かれた。

「何をなさってますの、リナさん。はしたない」

すっかり行動を共にするようになっているレイニーが、呆れながら言う。彼女の胸は相変わらず、大きい。いや、彼女の胸も初対面の時よりもさらに成長している気がしてならない。

（なぜだ。なぜその成長が、私にはおとずれない……！）

利菜は成長をちっとも見せてくれない自分の胸を嘆いた。

「レイニー。おっぱい触っていい？」

尋ねながら、その手はすでにレイニーの胸を触っている。

ふわふわと、柔らかい。

「人前ではやめてくださらない」

冷静に手をはたかれる。人前じゃなかったらいいのかと突っ込もうとした時、メイに再度呼ばれ、利菜もレイニーも、彼女のいる窓側に移動した。

現在、彼女たちがいるのは、豪華客船ステラの展望ブリッジだ。

両側の壁がすべてガラス張りになっており、外の様子が丸見えだった。近くには淡い青色のシートが設置され、その上にふわふわのクッションまで用意されている。

メイはシートに膝立ちになり、窓の外を見ていた。

利菜とレイニーは、メイを挟む形で外を眺める。

「おお。学園が見える」

「素晴らしい眺めですこと」

白薔薇の園で一年間頑張った利菜、メイ、そしてレイニーの三人は、この特別修学旅行の権利を見事に手に入れ、超豪華客船ステラに乗船を許されていた。

利菜は知識面でまだ他の生徒より遅れているものの、星を扱う授業の成績が素晴らしい。それに加え、同室のメイが詳しいこともあり、薬学の試験では高得点を取れるようになっていた。

「……それにしても、リナさんがこの旅行に参加できるようになるとは、思いませんでしたわ」

しみじみと言うレイニーにメイは苦笑いを浮かべる。

「基本的な読み書きはできるようになった」

エッヘンと薄い胸を張り、腰に手を当てて利菜は言った。けれどレイニーは肩をすくめるだけで、褒めてはくれない。メイは褒めてくれたのに。

「ゆっくりならやっと本が読めるようになっただけでしょうが」

人の倍時間をかければ、どうにか本一冊読めるようになった。けれどまだ、書く方はあやしい。

それでも、利菜にしてみればすさまじい成長だと自賛している。

「それで、よく試験が受けられますね」

「先生が口頭形式の試験にしてくれてるんだ」

緊急措置として取られた手段だ。そうじゃなければ、おそらく利菜の筆記試験は悲惨なレベルだっただろう。自分の名前は書けるので、無記名ではなくなったが、苦手なことにかわりはない。

「リナさんは体術が圧倒的ですから。向かうところに敵なし。本当にすごいです」

「まったく、お猿さんですわね。あなたもレディならば、もう少しお淑やかになさってはいかが？」

本校舎の生徒たちは、健康維持程度の運動しかしていないらしい。毎日のように身体を鍛えている利菜を指して、レイニーは眉をひそめた。

彼女は、運動は美容のため以外にやるものではない、と豪語している。

そしてそれが、許される立場の人間だった。美人で家が大金持ち。運動は娯楽なのだ。

「だいたい、メイド志望がそれほど身体を鍛えてどうするんですの？」

「どうするんでしょう」

「どうするんでしょう？」

心身共に鍛えられている利菜とメイはこてんと、首をかしげる。

利菜もそうだが、メイも割とハードな体力増加メニューを組まれていた。利菜ほどメチャクチャな時間割ではないけれど、『適度』な量ははるかに超えていた。

「……本当に、そちらの先生たちは何を考えていらっしゃるのやら。ナイフの扱いを覚えるよりも、お茶の淹れ方を覚える方が先ではなくて？」

レイニーの言い分はもっともだった。

利菜はいまだに、お茶の一つも満足に淹れることができない。そもそも、そういった授業が利菜にはまったく割り振られていないのだ。

教師陣が利菜にそういったものを仕込むのを避けている――そう思わずにいられないほど綺麗さっぱり、給仕系の授業をカットされていた。

そんな授業内容では保護者から突っ込みが来そうだが、長期の休みにピアニッシモ家に帰った際、老執事やメイドたちに話したら、楽しそうに笑われただけだった。フォルテも、同じく満足そうに笑っていたのだ。

後見人であっても、本当の保護者というわけではないので、特に気にならないのかもしれない。とりあえず、「頑張って」と恩人である彼に応援されているので、その気持ちに応えるべく、利菜は訓練に明け暮れていた。

「それにしても、辞めてしまった子たち……もったいないことしましたよね」

下界に広がる絶景を見下ろしながら、レイニーがため息交じりに言う。

この飛行船ツアーは四日かけて行われる。帝都をゆっくり一周まわり、それから帝都外の街を遊覧して回るのだ。明日の夜には、ダンスパーティーまで予定されている。

三泊四日の超豪華修学旅行に連れてきてもらえるのは成績上位者と、旅行直前に行われる試験に合格した者だった。試験はさほど難しいものではないので、挑戦すれば半分くらいの生徒が参加できる。

「そうだね」

利菜たちのクラスでも、これまでに十人の生徒がやめてしまっていた。それは、レイニーのクラスも同じようだ。

「根性がないんですわ」

あっさりとレイニーは切り捨てる。

「……そ、そうかもしれませんけど」

レイニーに、メイは困ったような視線を向ける。

利菜はレイニーの言いたいことがよくわかったので、黙って二人のやり取りを見守った。

「だって、そうじゃありませんの。蝶よ花よと育てられたわたくしよりも先にやめてしまうなんて、根性がないと言うほかありませんわ」

「……なんて、説得力のある」

レイニーにしか言えない言葉だ。

長期の休みに、利菜とメイはレイニーの家に招待されたことがあった。彼女の家はまさしくお屋敷で、レイニーは多数の使用人に傅かれていたのだ。

利菜もピアニッシモ家という超大豪邸に住んではいるけれど、あくまでも居候としてだった。生家でも「お嬢」と呼ばれてはいたものの、できることは自分で、がモットーの家だ。誰かに世話をされるということはなかった。

ただし、家事については向き不向きがあるということで、組員たちがやってくれていたが。

「わたくし、この学園に入るまでフォークやナイフよりも重いものを持ったことがありませんでしたのよ？」

「それはすごい」

「……現実に、そんなお姫様みたいな生活をしている人がいたんですね」

学園では、食事は食堂のスタッフさんたちが作ってくれるし、お風呂の掃除などはないけれど、自分の衣服の洗濯や部屋の掃除などは自分でやることになっている。

例外はなく、レイニーのような生粋（きっすい）のお嬢様も、だ。

当然、利菜もやっているのだが、よく失敗して反省文を書かされていた。

「ほら、ご覧になって」

レイニーが手を見せてくる。彼女の指は、わずかに荒れていた。

「寮生活で、わたくしの指はこんな風になってしまったの。家に帰った時、この手を見て、三日三晩泣き続けるばあやをなだめるのは本当に大変でしたのよ。それでも、わたくしはこの手を嫌だとは思いませんわ。白薔薇の園（メア・プリローズ）に行くように勧めたのは両親ですけれど、入学を決めたのは、わたくし自身ですもの。それは、他の方も同じではなくて？」

レイニーの言うことは、もっともだった。たとえ、誰かの勧めであったとしても、最終的に決めたのは自分自身。

「なのに、ちょっと結果が伴（ともな）わないからってやめてしまうなんて、根性がないとしか、言いようがありませんわ」

「……そう、かもしれませんね」

メイはしんみりと答える。

「その点、わたくしはリナさんの根性については評価してますのよ」

「私？」

「だって、あなたってば、体術の成績以外は、ほとんど最下位近くをウロウロしているじゃありませんの。成績が上がってきたのは、前回の試験からでしょう？　よくその状態で、めげずにいられた……と、感心してましたのよ」

「そうか、レイニーは知らないんだな」

「何がですの？」

利菜は少し声を落とし、フッと視線を斜めに向けながら、影のある表情を浮かべる。

滅多に見たことのない利菜の表情に、メイとレイニーは顔を見合わせた。

「途中で退学したら……それまでの学費を全部支払わなきゃならないんだ。しかも、一括で。ニコニコ現金払いなんだ。卒業してないから、もちろん、仕事の斡旋も受けられないし、学費無料の夢もなくなってしまう」

恐ろしいことを口に出してしまった……と、利菜は自分の肩を抱える。

利菜にとって、学費をすぐに請求されることほど、怖いことはなかった。

「そ、それは超怖いですね!!」

利菜と同じようにメイもガクガクと震える。貧乏育ちのメイにしても、現金一括払いという言葉は悪魔の呪文に感じるようだ。

「あら、そうなんですの？　自主退学なんて考えたことありませんし、退学の危機に陥ったこともありませんので、学費のことなんて知りませんでしたわ」

「お金持ちめ」

「羨ましい」

レイニーはプラチナブロンドの髪をさらりとかきあげた。その様の、なんと絵になることか。利菜はジーッとレイニーを見つめる。

「……な、なんですの？」

「いや、美人だなと思って」

美人は三日で飽きるという言葉があるが、そんなことはない。三日以上見ても、レイニーを見飽きることなどなかった。メイはメイでかわいいが、レイニーはレイニーで、とても綺麗だ。

レイニーはポカンと口を開け、続いてハクハクと陸に上がった魚のように口を動かして頬を赤く染めた。彼女は褒めると、いつも赤くなる。

「あなたにだけは言われたくないですわ！」

レイニーの照れ隠しを含んだ怒りの声が、展望デッキに響いた。


船内の宿泊部屋に戻り、利菜は窓から下界を見ていた。

展望デッキと違い、部屋にあるのは直径五十センチほどの丸窓二つだけなのだが、外を見るには十分な大きさだ。

だいぶ陽が落ちてきていた。

今ステラは帝都を出て、利菜が彷徨(さまよ)い続けた大森林の上を飛行している。

ずっと同じ緑の景色だけれど、利菜にとってはとても感慨深い光景だった。

思えば、自分はこのステラを追って大森林を歩き続けたのだ。それが、今ではステラに乗って、大森林を見下ろしている。もう十年も前のことみたいに思えるが、ほんの一年ほど前の出来事だ。

利菜は部屋の中を振り返る。

船の部屋もメイと同室だった。部屋の中は、上下に分かれている二段ベッドと、対面式のソファーが一組。窓にはカーテンがあり、窓の両脇にオシャレなデザインのランプが飾られている。ランプといっても中は炎が入っているわけではなく、スイッチでオンオフができるものだ。これも、星(アスターシェ)をエネルギーにしているのだという。

利菜たちの部屋にはないが、もう一つランクが上の部屋にはシャワールームまであるらしい。部屋の等級によって内装がだいぶ違うようだ。

利菜たちの部屋にはインテリアとして、小さな水槽が置かれていた。中には小魚が数匹と小石が入っている。

そして、利菜たちの部屋にだけ置かれている特別なものがあった。

ピンク色の大きなクマのぬいぐるみだ。どのくらい大きいかというと、シングルサイズのソファー一つを占領するくらいだった。まるで本物の人間の子どものようにソファーに腰かけ、グヨンと座っている。首もとには、大きめの青いリボンが結ばれていた。

このクマはかつて、利菜の入学を祝いフォルテが贈ってくれたものだ。普段は寮の部屋の利菜のベッドを占領しているのだが、ステラにまでついてきてしまっていた。

ただのクマのぬいぐるみが自分から動くことなどできない。また、わざわざ修学旅行にぬいぐるみを持っていくようなメルヘンな趣味が利菜にあるわけでもなかった。

なのに、利菜たちが初めて部屋に足を踏み入れた時には、すでにクマがソファーに陣取り、鎮座(ちんざ)していたのだ。クマにはメモがついていた。

『おきざりにするなんて、ひどいよマスター』

その文字に利菜は見覚えがあった。子どもでも読めるように簡単に書かれたそれは、フォルテの字だ。

つまりフォルテがこのクマを船内に運ばせたのだろう。だけど彼が何を考えて、わざわざクマを運んだのか、さっぱりわからない。

けれど、メイがかわいいからいいじゃないと言ったので、利菜はそれ以上考えないようにした。下船する時、このクマを背負って降りなければいけないのかと思うと少し憂鬱(ゆううつ)になるものの……まあ、それは仕方がない。

フォルテがお茶目な嫌がらせをしたとは考えたくなかった。

「リナさーん。この特別室とか、すごいですよぉう」

メイが乗船前に配られたパンフレットを見ながら感嘆の声を上げた。

夕食まで、生徒たちは部屋で待機ということになっている。利菜は特にやることがなく、窓の外を見ていたが、メイはパンフレットを熟読していたらしい。

パンフレットには多数の写真が掲載されており、船内を様々な角度から撮影した写真は、メイの気分を高揚させている。そのパンフレットの写真はカラーなのだ。

利菜がこの世界に来て白黒ではない写真を見るのは、初めてのことだった。

「どれどれ」

利菜は窓から離れ、メイが座っている二段ベッドに近づく。メイは下段に座り、膝の上にパンフレットを乗せていた。利菜は彼女の横に座り、それを覗き込む。

難しい文章はまだ読めないが、パンフレットは子どもにも読めるように優しく書かれており、写真によって情報が補われていた。

メイが開いたページには、特等一級室の写真が載っている。

寄せ木細工の豪華な壁に、落ち着いた色合いのベッド。ベッドはおそらくキングサイズだろう。そして芸術品のように美しい本棚。対面式の六人掛けのマホガニーのソファー。さらに女性用のドレッサーと、小さなワインセラーまで完備されている。

「すごいですよね。この部屋は、お風呂まであるみたいですよ」

「このクラスになると、シャワールームじゃないんだ」

シャワールームがついている部屋でもすごいと思っていたけれど、その上のクラスもあるようだ。浴室までついているのだから、まさに空飛ぶスイートルームだった。

「値段もスペシャルだ」

本当に目玉が飛び出そうな金額が記されている。車が一台買える金額だ。セレブ中のセレブしか利用できないに違いない。

「すごいことはすごいけど、こんな値段の部屋、誰が泊まるの？」

「予約が途切れることはないらしいですよ。他のお客さんが話しているのを聞きました」

「世の中、金持ちっているんだ」

フォルテしかり、レイニーしかり。

確かに、フォルテクラスの金持ちになれば、このレベルの部屋に宿泊していてもおかしくはない気がする。

フォルテはステラに何度も乗船したことがあると言っていたし。彼が利菜たちのような二等室に宿泊している姿は、想像がつかない。まず、あのやり手の老執事がそんな手配をするわけもないだろうなと、利菜は考えた。

「あ。この絵、高そう」

部屋に飾られている絵画を見て、利菜は言う。写真越しにも、その素晴らしさがわかった。

漆喰細工を金色で塗装した額に、湖の底で横たわる美しい少女の絵が飾られていた。

「『水底に眠る少女』——水底に住む女神を題材にしている絵ですね。私、本で見たことがありますよ。すごく有名な画家さんが描いたものだって……本物だったら、すごく高価です。きっと、おうちが二軒……いいえ三軒は買える価値があるはずです」

「レプリカかな。本物だったら、まさに泥棒ホイホイだ」

「だ、大丈夫ですよ。ステラのセキュリティーシステムは万全ですし、護衛隊の方々が巡回してますもの。悪いことができるはずがありません」

「それもそうだね」

船内には、護衛隊――いわゆる特殊警察のような人間が各所に配置され、旅行客の安全を守っている。見るからに強そうな警備たちの目をかいくぐって盗みを働くような馬鹿が、この船に乗っているとは考えられない。

「でもきっと、あの警備隊をひとまとめにしても、うちの先生たちには敵わないと思うんだ」

この船には引率として利菜たちの担当教員――マーガレット、スコットティー、チェルターの三人が乗り込んでいる。他のクラスの教員たちも一緒に乗っているが、戦闘が得意そうなのはこの三人くらいだ。三人の内一人いれば、万が一のことがあっても制圧できそうだと言うと、メイは少し考えて同意を示した。

「……そうですね。あの先生たちに勝てる人間というのは、ちょっと想像がつきません」

利菜と同じようにマンツーマンでの体術の授業を受けているメイは、しみじみと頷く。

つくづく、メイドと執事を養成する学校で教師をしているのが不思議な人たちだ。

「あ、でも。利菜さん知ってます？　先生たちの誰かが、昔お城で働いていたという噂」

「いや、知らない」

「あくまでも噂ですけど、若い時に、お城で貴人の護衛をしていたのだとか……」

「誰が？」

「……いえ、そこまでは。私は、都市伝説みたいなものだと思っています。いくらなんでも、お城に勤めていたすごい人が、学校の先生をしてることはありえませんから」

教師陣を尊敬しているものの、教師と城勤めする人間では、身分がまるで違う。メイはそう言って、軽く笑い飛ばした。

利菜の感覚で言えば、超一流会社の幹部クラスにいた人間が退職して、アルバイト生活を始めたような感じだろうかと、見当をつける。

ピンポーン。

室内に電子音が鳴り響いた。

「はーい」

メイが出ると、レイニーが立っていた。髪を綺麗に整え、後ろにリボンをつけている。

「そろそろディナーの時間ですわ。あら、まだ用意してらっしゃらないの？」

「え？　もう、そんな時間ですか？」

メイは驚きの声を上げる。利菜は窓の外を見た。確かに、太陽がずいぶんと沈んでいる。

ディナーの時間の十分前になったら、船内放送が流れると聞いていたのだけれど……

「放送、聞こえなかった」

「……はい」

パンフレットに夢中になりすぎていたのだろうか。

利菜とメイは顔を見合わせた。

「私の部屋には、きちんと放送が流れましたわよ？　現に他の部屋のみなさんも、部屋から出てレストランへ向かっていますもの。あまり遅れると、他の方に迷惑ですわ」

「そうだね」

利菜は立ち上がった。

メイが先に部屋を出て、続いて利菜も出る。部屋の鍵をかけ、利菜たちは連れだってレストランルームがある三階ホールに向かった。

「そういえば、明日の夜ですわね。ダンスパーティー」

歩きながらレイニーが思い出したかのように言う。

豪華客船ステラでは、ダンスパーティーが催されることになっていた。一度に百人は収容することができるレストランルームが、ダンスホールに変貌するのである。

贅を尽くしたパーティーは、ステラの名物と言ってもいいほど有名なイベントなのだそうだ。利菜はダンスには特に興味がないので、出てくる食事を楽しみにしていた。メイはメイで、やや憂鬱そうな顔をしている。

「……うう。恥をかいてしまうに決まってます」

ステラに乗る前、突貫工事でダンスの練習が授業に取り込まれたが、メイは自信がないようだ。

「心配せずとも、相手の方に任せればいいのですわ」

レイニーは軽く言う。彼女は家の事情で、何度もダンスパーティーに出たことがあるようで、メイとは対照的に堂々としていた。

メイはレイニーを羨(うらや)ましそう……半分くらいは恨めしそうに見ている。

利菜は心配するなという気持ちを込めて、メイの肩を叩いた。

「安心して、メイ。私もダンスなんてする気はないよ。一緒に食事だけ楽しもう」

さあ、壁の花ライフを堪能(たんのう)しよう！

声に力を込めて嬉々として誘うが、レイニーの氷のような視線に貫(つらぬ)かれた。なんと冷たい瞳。

「冗談はおよしなさい、リナさん。壁の花になるなんて。ダンスパーティーは大事な社交の場ですわよ。ダンスに誘われずに壁の花になることは、淑女(レディ)として大変不名誉なことですのよ」

「そうなの？」

(別に不名誉でも構わないんだけど)

利菜の口調には、すでにレイニーの言葉に納得していないことが出てしまっていたが、怒られないようにこの先は言わないでおく。

「……私……ダンスに誘ってくれるような殿方に心当たりがありません」

ズドーンと、これでもかというくらい、メイは沈み込む。

利菜も心当たりはないのだが、メイみたいに落ち込んではいない。

乙女心よりも、食欲である。

花より団子の利菜にとって、食事さえできれば、ダンスはどうでもいいことだった。

「大丈夫ですわ。メイさんなら、きっと素敵な殿方からのお誘いが途切れませんから」

自信を持ちなさいと、レイニーは言う。利菜も、メイはもっと自信を持っていいと思っていた。

彼女はとても愛らしい容姿をしているのだ。性格だって控えめで好ましいし。

彼女のドレス姿は、きっと男が放っておかない美少女になる。本人が心配しているようなことにはならないだろう。

「リナさんも、きちんとダンスパーティーに参加してくださいましね。こういうのは、学園の名誉がかかっているのですわ。この船には、名のある方々が多数乗っていますの。つまり、将来あなたたちの主人になる可能性のある方が乗船しているんですのよ。彼らは、白薔薇の園(メア・プリローズ)の生徒たちを品定めしているのですわ」

きちんと参加しないのは、学園の評価を下げ、他の生徒たちの迷惑にもなるのだと説得され、利菜は少し反省する。そう言われたら、真面目に参加するしかあるまい。

そうなると、ダンスの相手がいないのはメイよりも自分の方ではないかと、利菜は考えた。

「いざとなったら、チェルター先生にお願いしてみよう」

学内でまともに言葉を交わしている異性といえば、チェルターくらいなものだ。

「誠心誠意、頼めばきっと聞いてくれるに違いない！」

そんな呟(つぶや)きを聞いたメイとレイニーはギョッとした顔で利菜を見る。

「美少女と野獣……」

レイニーがぽつんと言ったが、利菜には意味がわからなかった。

レストランルームにはすでに多数の乗客が食事に来ていた。

吹き抜けの天井部分には大きな窓ガラスがはめ込まれており、空が見える造りになっている。開放的な空間にテーブルが並び、軽快なソナタが流れていた。

酌（く）み交わされる美酒に、贅（ぜい）を尽くしたご馳走（ちそう）の数々。豪華なディナーを楽しむ、素敵な夜間飛行だ。

広間の一角が白薔薇（メア・プリローズ）の園の生徒たちに開放されていて、そこのテーブルならばどこに座ってもいいことになっていた。

利菜たちは適当にテーブルを選ぶと、仲よく三人で座る。利菜とメイが並び、その対面にレイニーが腰を下ろした。すぐに給仕のスタッフがやってくる。

エプロンドレスを着た妙齢の女性が、ディナーコースを聞き取りやすい声で説明した。

この船の客室乗務員の半数以上が白薔薇（メア・プリローズ）の園の卒業生で、彼女も利菜たちの先輩なのだそうだ。有能なスタッフとしてきっちり働く先輩たちの姿に、うっとりと憧（あこが）れの視線を向ける生徒は多かった。

メニューの説明をすると、給仕の女性は優雅に腰を曲げて立ち去る。すぐに、ワゴンに載せたディナーが、利菜たちのテーブルに運ばれてきた。

綺麗に盛り付けられた料理の数々は、宝石のように美しい。

けれど、利菜たちが食事を楽しんでいると、にわかに遠方のテーブルが騒がしくなった。

どうやら、客の一人が悪酔いをしているようだ。

「どうせ、いつか、みんな死ぬんだ！　こんな、ぜいたくなぁ、船に、乗ってる金持ちも！　地を這いつくばって生きる貧乏人も……！　どうせ、どうせ……金持ちのくそったれ！」

しゃがれた声が、利菜たちの方まで聞こえてくる。続いて、皿やコップの割れる音がした。悲鳴が上がる。

レストランの至るところで、かすかに人が動く気配がする。利菜は、フォークを握っていた指をピクリと動かした。暴れている男よりも、そちらの気配の方が気になる。

気配の一つをさりげなくうかがうと、それは利菜たちのテーブルから少し離れたところにいる四十歳くらいの男性のものだった。その顔には緊張が浮かんでいる。

いつでも動き出せるように神経を尖らせているのが見てわかる。

利菜はフッと、身体の力を抜いた。

(なんだ。護衛隊の人たちか)

「こっち見てんじゃねぇえええええ!!」

再び酔っ払いが叫んだ。せっかくの楽しいディナータイムを壊す、不快な声。

レイニーは露骨に顔をしかめて、小さく吐き捨てた。

「ああいう客がいると、お金を出せば誰でも乗せるという体制に疑問を持ちますわね」

素敵な時間を演出するには、提供する側の努力はもちろんだが、受け取る側の協力が不可欠なのだ、とレイニーは言う。

確かに、あの酔っ払いのせいで、レストランルームの雰囲気はぶち壊しだった。

「お客様……！」

慌てて、スタッフが飛んでくる。そのスタッフの制服は、他のスタッフの身に着けているものよりも、落ち着いたものだった。どうやら、役職についている人間が出てきたらしい。

　こういう対応の早さも、ステラが一流と言われる一因なのかもしれない。

「なんだ、てめぇ！　ハッ、たかがスタッフの分際で、ずいぶんといいものを着てんじゃねぇか。さすが、ステラのスタッフ様だ。ヤクザのケツ舐めて、お小遣いをたんまりもらってんだろうが！」

　酔っ払い男は、ステラの店はマフィアの息がかかっているという噂を持ち出した。

「ずいぶんとお行儀がよろしいこと」

　レイニーは毒づき、メイは小さくなってプルプルと震えている。

　白薔薇の園の授業を通して、あの程度の男をコテンパンにできる程度の実力がメイには備わっているはずなのだが……。彼女の性格は争いごとに向いていないのだろう。

　まあ、怖がって大人しくしていれば、男に目をつけられることはあるまい。

「こらこら、いい加減やめろよ」

　がなり立てる男と同じテーブルに座っていた男が、なだめ始めた。愛想笑いをしながら周囲の人間たちにペコペコと頭を下げる。

「やめろって。ほら、酒はそろそろしまいにしようぜ。いやあ、すみませんね。こいつ、酒に弱くって。普段は気のいいやつなんです。宝くじに当たった記念に乗船したんですがね、雰囲気に呑まれてしまったみたいで……いや、本当にご迷惑をかけました」

「俺は別に酔っちゃいねぇよ！」

「馬鹿。酔っ払いはみんなそう言うんだよ」

悪態をつく男をもう一方の男が引っ張り、無理やりレストランルームから連れ出す。

騒然としていた広間は静まり返った。さっとスタッフがひっくり返った食器などを片付け、ものの一分足らずで元の状態に戻す。

その素早い仕事ぶりに、客から拍手が上がった。

すると、スタッフたちは一列に並び、カーテンコールを受ける役者のように、優雅に腰を曲げる。

食事が再開された。その後は何事もなくデザートになる。

最後に苺のケーキが来るはずだったのだが――

「本日はお騒がせしまして、大変申し訳ございませんでした。お詫びに、当船より大森林の宝樹果で作りましたシャーベットをサービスさせていただきます」

ホウジュカという、聞き慣れない言葉に利菜は戸惑う。けれど、メイとレイニーが嬉しそうに目を輝かせているので、とても貴重なものなのだろう。

ワゴンで運ばれてきたのは、ガラスの器に盛られたオレンジ色のシャーベットだった。

「大森林で採れた果実を総じてそう呼ぶのですわ。本当に、ものを知らないんですわね」

苺のケーキの何倍も値段が高いのだ、とレイニーは言う。

メイとレイニーは、恐る恐るといった風に、小さなスプーンでシャーベットをすくった。口に入れ、ふぅと感嘆する。

「大森林の果物なんて、わたくし、初めて口にしますわ」

「うわあ、甘いですぅ」

感動しきりの二人を見ながら、利菜もシャーベットを口にする。それは、大森林を歩いていた時に食べた果物と同じ味だった。

確かに冷たくて、甘くて、美味しい。けれども、個人的な好みで言えば、以前食べた時の方が味がよかった気がする。

「これは、そのまま食べた方が美味しいよ」

小さな声で言うと、レイニーが呆れたように肩をすくめる。

「超高級品ですもの。そんな贅沢ができるのは、王族くらいなものですわ」

「大森林には、割とどこにでも生えてたけどな」

「だから……って、なんですの。その、いかにも生で食べたことがあるようなセリフは。……え、ちょっと。まさか、本当に？」

利菜は二人に、帝都に来る途中で仲間とはぐれ大森林で迷子になったという、フォルテにしたのと同じ話をした。彼女たちはそろって額を押さえ、眩暈を覚えたようにぐったりとテーブルに突っ伏す。

「すごいです、リナさん。大森林で道を外れると、迷子になって二度と出てこられないと言われているのに……」

「本当に規格外な人ですのね」

「いや、それほどでも」

レイニーに褒められているのかと思い、えへへと利菜は頭をかく。すかさず「褒めていません」と釘を刺された。

＊　＊　＊

一方、その頃――

「おーい、大丈夫かー」

「うぃっ……ひっく」

「だから、飲みすぎるなってー」

「ひっく、ひっく」

「飲みすぎ……ハハハ。警備の数は、大したことねーなぁー」

「だな」

廊下を歩く二つの影。

よろよろフラフラとおぼつかない足取りで歩いていた男と、それを支えていた男は、誰も通路に出ていないことを確認すると口調を改めた。

酔っていた男も背筋を伸ばし、ごく普通に歩き始める。

酔っているわけがない。彼はアルコールなど、一滴も口にしていないのだから。

「私服に着替えてやがる犬っころの顔とだいたいの実力も確認もできたし……計画に、支障はなさそうだな」

「ああ。すべて、計画通りに進めることができそうだ。他のメンバーたちも、配置についている。決行は……」

「明日の、ダンスパーティーの時間だ。会場で楽しい花火を打ち上げてやろうぜ」

二人は声を潜(ひそ)めて笑った。

自分たちの他にも、同じ志(こころざし)の仲間が乗船している。自分たちの役目は、この船にどれほどの戦力があるのか、確認することだった。

「あんな兵隊崩れどもに、俺たちが負けるかよ」

レストランルームには、綺麗な服を着てすましている護衛隊(いぬども)が、客にまぎれていた。うまく隠れていたようだが、あの程度の連中ならば敵ではない。まずは、あの連中から血祭りにあげてやろうと、男たちは悪辣(あくらつ)な笑みを浮かべる。

彼らは、帝都の女帝に反旗(はんき)を翻(ひるがえ)すテロリストだ。

女帝がマフィアを優遇し、彼らが豊かな暮らしをしている体制に不満を持っている。

だから、彼らはマフィアの収入源と言われているステラを乗っ取り、マフィアに恥をかかせてやろうと計画していた。

「ハッ。めちゃくちゃにしてやりてー、何もかも……」

「逸(はや)るなよ。どうせ明日の夜には……ハハ」

小さな声で、男たちは笑い合う。

ひどく、ひどく――醜い悪意に満ちた声で。

＊　＊　＊

「ごめん。先に行って」

翌日、ダンスパーティーの時間を前に、利菜はメイに言った。

パーティーに着ていくドレスやスーツは学園が用意してくれている。昼食後に利菜たちが部屋に戻ると、それぞれのベッドの上にドレスの入った箱が置かれていたのだ。

メイにはレースが多用されているかわいらしいデザインの淡いピンクのドレス、利菜には美しい刺繍が施された青地のドレスだ。その青いドレスはスレンダーな利菜によく似合っていた。

そうして準備を整え、いざ部屋を出ようとして、利菜はあることに気が付いたのだ。

「何をしているんですか？」

メイが驚いた顔で聞く。

「ちょっと……」

どうにかして胸を大きく見せることができないかと、利菜は下着の中に色んなものを詰めていた。

ドレス姿のメイからは胸の成長が顕著に見て取れて、密かにショックを受けてしまったのだ。

二歳も年下の子に胸の成長で負けた哀しみを、誰がわかってくれるだろうか。

「最近下着が苦しくって。太ったかもしれません」

寮のお風呂で、真剣に言っていたメイの言葉が、今頃になって脳内を駆け回る。

言ってやりたい。胸だけが太るのは、別に悪いことではないと。それは、とてもいいことだと。

でも、言ってやらない。ちっとも成長してくれない自分の胸が、哀しいからだ。

「レイニーが待ってるから、先に行ってて」

化粧はレイニーがしてくれることになっている。

利菜もメイも、メイクが得意ではない。メイクの授業もあるが、身についていなかった。

この世界では化粧は上流階級の人間だけがするものだ。だから、メイができないのは仕方がない。

利菜も利菜で、その手のことにはまるで興味がなかったし、フォルテが利菜にメイクをしてもらいたいと思っているとは考えられなかった。

教師も熱心に教えたりしなかったので、これに関しては二人して、あまり真面目に学んでいなかったのだ。

けれど、ドレスを着ている以上、スッピンはありえないというレイニーの鶴の一声で、利菜たちは彼女にメイクしてもらうことに決まったのである。

「それじゃあ、レイニーさんの部屋でお待ちしてますね」

「うん」

出ていくメイを目で追いながら、利菜は胸もとに様々なものを詰め込み続ける。だが、どれもこれもピンとこなかった。

巨乳じゃなくてもいい。人並みにあればいいのだ。

「ふう……どうしてこんなにストーンとしているんだろう」

一応してはいるものの、本当はブラなんて必要がないサイズの利菜は、クスンと鼻を鳴らす。

自分の身体の中で唯一、この控えめすぎる胸だけが悩みの種だった。成長すれば大きくなると、美人で胸の大きな母親は慰めてくれたが、十八歳になっても成長の兆しが見えないのでは、不安になってくる。

メイは、たった一年であれほど大きく育ったというのに！

「もっといいものはないのか……」

下着の中に入れても違和感のないものがないか……。利菜は冬眠前のクマのように、室内をグルグルと歩き回る。

そして、見つけてしまう。いや、正確にはずっと頭の中をよぎってはいた。

「……」

ジーッと、利菜はソファーの一つを陣取っているクマのぬいぐるみを見つめる。

ピンク色の大きな大きなクマのぬいぐるみ。これだけ大きなぬいぐるみならば、たくさん綿が入っているに違いない。

のそのそと、利菜はクマに近づく。気のせいか、クマが怯んでいるように見えた。

利菜は無言でクマを抱え上げ、そのままベッドまで運ぶ。ベッドに寝転がし、さわさわと、もっふもっふの罪深い悩殺ばでーを撫でまくる。

（なんて最高の抱き心地……）

「ん？」

尻尾の部分をセクハラしていた利菜は、指先に奇妙な感触を覚えて眉をひそめる。

丸い尻尾のちょうど下の部分に何か、硬いものがあった。こんな感触、今まではなかったはずだ。

いつからかわったのだろう？

考えて、すぐに答えが出る。船に運ばれてくる間だ。

しばらく表面を触り、それがいったいなんなのか確かめた。

それは、たぶん……授業で何度か使ったことがあるものだ。

「でも、なんで？」

彼が、こんなものを仕込んだ理由がわからなかった。

そうこうしている内に時間が迫ってきたので、利菜は泣く泣く胸を大きくするのをあきらめて、素のままレイニーの部屋に向かったのだ。

レイニーの部屋は一人部屋だったが、広さは利菜たちの部屋とさほどかわりがなかった。

部屋では、メイクされたメイとレイニーが待っていた。

どちらも、美少女ぶりに磨きがかかっている。髪にも飾りをつけていた。

メイの髪には花をモチーフにした細工飾りがつけられている。まさに、花咲く可憐な乙女といった風情だ。

レイニーは、春を思わせるエレガントな萌黄色のロングドレスを身にまとっていた。腰当てをつけ、お尻の部分にボリュームを出している。とても優雅だ。いつもよりも大人びた美しさが、今のレイニーにはあった。

「リナさん、遅いですわよ。早く、そこにお座りなさい」

利菜は言われるままに椅子に座る。

椅子の前には、大きな鏡が用意されていた。利菜たちの部屋にはなかった品物なので、おそらくレイニーが個人的に用意させたに違いない。

目をつぶって大人しくしていると、顔に色々塗られたり、粉をつけてはたかれたり……レイニーの好きなように弄(いじ)られていく。

「本当に腹立たしいくらいに整った顔ですわね」

ブツブツと言いながら、レイニーは十五分くらいかけて化粧を完成させた。その間に、手先の器用なメイが利菜の黒髪を結い上げてくれている。

レイニーの手が止まるのと、メイが髪を結い上げ終えるのは、ほぼ同時だった。

目を開けていいと言われて、利菜は目を開ける。

宝石をふんだんにちりばめて結われた黒髪は、夜空に瞬(またた)く星々を思わせた。

「おお」

平淡なものの感動の声が漏れる。鏡の前には美少女がいた。

我ながら、うまく変身したものだと利菜は自画自賛する。

「素材がよすぎて、お化粧に時間がかかりませんでしたね」

しみじみと言うメイの言葉は、利菜の耳には入っていない。利菜も女の子なので、きちんと綺麗にしてもらうと、やはり心躍るものがある。

「メイさんも、いい腕をしていますわ」

「レイニーさんに甘えて、一杯宝石を使わせていただきました。ふふふのふ。宝石も、リナさんに使われるのならば、本望なのではないかと。レイニーさんのお化粧も、さすがです」

レイニーとメイは、互いの仕事を褒め合う。利菜は二人に振り返り、お礼を言った。

「ありがとう」

いつもは無表情の顔にかすかな笑みを浮かべる。すると、二人は真剣な顔で利菜を見つめてきた。

二人とも頬を上気させ、目を潤ませている。

「……これは、すごい騒ぎになりそうですわね」

利菜のお礼の言葉に応える様子もなく、これからのことを考えると憂鬱になりそうだと、レイニーが呟く。メイもそうですねと力なく頷いている。

利菜は確かに、レイニーとメイほどの美少女ならば、ダンスの相手になってくれという声が多くて大変だろうと、二人に同意した。


会場に近づくにつれ、生オーケストラの素晴らしい演奏が聞こえてくる。

賑やかな声もして、ずいぶんと盛り上がっているのがわかった。

このダンスパーティーは授業の一環で、生徒は全員参加が義務づけられている。さりげなく教師陣が優雅さなどをチェックしているらしいので、利菜が当初思っていたように壁の花になっていたら、のちのち痛い目を見そうだ。

ダンスホールと化した元レストランルームに利菜が足を踏み入れた途端、ホールに奇妙なざわめきが起こった。

ざわめきはホール全体へ広がり次第に波が引くように、静まり返っていく。

しまいには、声が消えた。オーケストラのメンバーは、自分たちの職務を全うしようと懸命に手を動かしてはいるものの、ミスを連発している。

「……気のせいか、みんなこっちを見ていない？」

利菜は思わず後ろを振り返る。後ろは静かな通路が広がっているだけで特にかわったものはない。

レイニーとメイはやれやれと肩をすくめた。

「このわたくしが、すっかりあなたの引き立て役じゃありませんの」

「嫉妬することすら、おこがましく感じますよね」

二人同時に、利菜の背中をポンと前へ押した。履き慣れないヒールのせいで、利菜は軽く前に踏み出す。

「ぼくと踊ってください！」

「いえ、ぼくと。レディ、どうぞ、この手を取って」

「美しいお嬢さん。今宵、あなたの時間をぼくに」

「いつも見てました！　カイドウさん、踊ってください！」

「人生最大のチャンス到来……！」

利菜の前に着飾った紳士どもが雪崩のごとくやってきた。年齢はバラバラで、同じ年齢くらいの人たちは、どうやら白薔薇の園の生徒みたいだ。見覚えはないが、あちらはこちらのことを知っているらしい。

あまりの勢いに、ついつい利菜は呑まれてしまう。

ギョッとなって固まっている利菜に、次々とダンスを申し込む声がかかり、手が差し伸べられた。

踊ってくれる相手がいなかったら、チェルターをアイスクリームで買収しようと思っていたけれど、そうしなくてもよさそうだ。

それはいいのだけれど、多すぎる。声をかけてくれた人全員と踊っていたら、さすがの自分の足首も、疲労で折れてしまうのではないかと心配になるほどだ。

「ちょ、距離が近い。暑苦しい」

みんな清潔そうで上質なコロンをつけてはいるが、これだけの人数に囲まれると鬱陶しいことこの上ない。メイとレイニーの姿を探すも、紳士どもでできた人垣のせいで、まるで見えなかった。

「少しは、自分の容姿のことを自覚なさったらよろしいのですわ」

「リナさん……ファイトです！」

遠くからそんな声が聞こえてくる。

薄情にも、彼女たちは自分を見捨ててしまう気満々らしい。利菜は女の友情の儚さを噛みしめ、思わず拳をそっと握り込んだ。

とりあえず、この場にいる全員を殴り飛ばして逃亡を図ろうなどと、物騒な思考が頭をよぎる。

「ちょっと失礼」

その時、人山をかき分けて、一人の男性が堂々と利菜に近づいてきた。

利菜は握りしめていた拳をそっと開く。

極上の生地で作った礼服を身にまとった、背の高い男性だ。足が長く、腰の位置が高い。礼服の上からでも、その均整の取れた肢体の素晴らしさが見て取れる。

整えた淡い金色の髪に、蜂蜜色の瞳。穏やかな顔立ちをした美男子の登場に、その場にいたほとんどの男たちは格の違いを思い知った顔で、尻尾を巻いて利菜から離れる。

だが、中には果敢にも彼の前に立ちはだかる者もいた。

「い、いきなり出てきてなんだ！」

「なんだ、と言われても。このお嬢さんと踊るのは、俺が先約だったんだよ」

口ぶりにも態度にも、彼の余裕は滲み出ている。

男は利菜に手を差し出し、優雅に一礼した。

「お嬢さん。約束通り、わたしと踊ってくれませんか？」

周囲の人間たちが、利菜の動向を見守っている。利菜は、差し出された手を見た。

約束。確かにしていた。今こそ、勉強の成果を見せなければ。

利菜は笑う。白薔薇の園で覚えた、淑女の笑みで。

ギョッとしたような男の反応に、少しだけ満足する。

利菜は刺繍された絹の手袋をつけた手を、差し出された彼の手に小鳥の羽のように乗せた。ダンスの申し込みを受けるという印だ。辺り一帯の男性から、悲壮な声が漏れる。

「さあ、それでは行こう。お嬢さん」

利菜はエスコートをされながら、ダンスフロアの中心へと歩いていった。


「――それで、どうして若様がここにいるんですか？」

若様――フォルテにリードされ完璧なダンスを披露しながら、利菜は小声で彼に話しかけた。自分の後見人になってくれている彼が、まさかここに現れるなんて、思いもしていなかった。

「言わなかったかな？　この船のカジノをうちの会社が経営していてね。仕事で乗船してるんだ」

「なるほど。でも、昨日はお見かけしませんでしたけど……？」

「まあ、別口の仕事を持ち込んでいるので、ほとんど部屋から出ず仕事ばかりしているからね。君が気付かないのも、無理はない」

フォルテは例の特別室に泊まっているらしい。想像通りのセレブぶりである。

「やはり、君には青のドレスがよく似合うね、リナ」

「もしかして、これを用意してくれたのは若様ですか？」

「正解。学園に頼んで君のドレスも靴も、私が選んだ。すごく素敵だよ。本当に。あと十年くらいしたら、思わず結婚を申し込んでしまいそうだ」

軽口を叩きながらも、ダンスを踊る彼の足取りに乱れはない。利菜もフォルテのリードによくついていった。元々、運動神経抜群の利菜だ。リズム感にも恵まれている。慣れないヒールも、踊っ

ている内に自在に操れるようになっていた。

遠くの方で、メイが彼女より少し年上らしい少年と踊っているのが目に入る。初々しい。

別の場所ではレイニーが上品な紳士にリードされていた。どちらも、よいパートナーに恵まれたようだ。

「ところで若様。あのぬいぐるみに仕込まれているアレはなんですか？」

曲調がかわったので、身体を密着させながら利菜は尋ねる。

「おや？　もう見つけたのかい？　ちょっとね、護身用だよ。この船じゃ、危ないものは乗船口で取り上げられてしまうだろ？」

クスクスと笑いながら、フォルテが答える。

利菜の愛用しているナイフは、乗船口でスタッフに預けており、降りる時に返してもらえることになっていた。いつも身に着けていたものなので、何も考えずに乗船口まで持っていってしまったのだが、ステラに武器の持ち込みは禁止されている。

「だからって……クマさんのお尻になんてことを」

「綺麗に縫ってあるから大丈夫。いずれうちのメイドたちが元の姿にして、届けてくれるさ」

どうやら、あのクマのお尻に悪戯をしたのは、フォルテの家のメイドたちらしい。

「……というか、武器を持ち込まないといけないような場所なんですか、ここ？」

「備えあれば、憂いなしだよ」

そうフォルテが得意顔で言った途端、異変が起きた。

「っ⁉」

すべての照明が落とされ、突如、闇が訪れる。

何かの演出かと利菜は思ったが、オーケストラの音がバラバラになったことでそうではないことに気付いた。事前に打ち合わせがあったならば、音がバラけるようなことにはならなかったはずだ。

「リナ。ほら、備えあれば憂いなしだっただろ？」

利菜の耳もとに唇を寄せ、小さな声でフォルテが囁く。驚きはしていても、動揺はしていない声だ。彼は見た目よりも、肝の据わった男だった。

「備えは、自室で寝ているんですが」

この場所に持ってきてはいないのだと利菜が伝えると、フォルテは苦笑した。

闇の中で、近くにいるのがフォルテでよかったと利菜は思う。周囲が見えない時にそばにいるのは、信頼できる相手であってほしい。

「お部屋に帰してもらえることを祈るしかないね」

フォルテの言葉が終わるのと同時に、銃声が数発続いた。

「ぎゃ！」

「がっ！」

「きゃあ！」

続いて悲鳴が上がる。

嫌な感じだ。鉄のにおいがする。誰か、撃たれたのかもしれない。

今度は一斉に灯りがついた。またも銃声が響き渡る。

不思議なことに、この世界の銃声は火薬を使ったものとほぼ同じ音がした。

「きゃあああああああああああああ！」

各所から耳をつんざくような悲鳴が上がる。

銃を持った男たちがダンスホールの至るところに立ち、ドレスアップした乗客たちをそれぞれ狙っていた。全員、布で顔の半分を隠している。

彼らのそばには、足を打ち抜かれた人間が複数転がっていた。

その内の一人に、見覚えがある。昨日の護衛隊の男だ。

「まずいな。このホールに配置させていた護衛隊は、全滅じゃないか」

フォルテの呟きが耳に入る。やはり、と利菜は思った。

どうやら武装集団は、最初に厄介な人間から片付けたようだ。

（暗闇に乗じて、的確に足を撃ち抜いている……）

「計画された動きですね」

前もって誰と誰が護衛隊のメンバーなのか、調べていたに違いない。足を撃たれれば、確実に自由に動けなくなる。

「余計な真似をしたものは、容赦なく撃ち殺す！」

男の言葉に嘘はないに違いない。

少しでも妙な動きをする者は殺される――そんな獰猛なにおいを嗅ぎ取り、乗客たちはすくみ上がった。

「この船は、我々『ビスティオ』が占領した！　すでにコントロール・ルームは、我々の支配下にある！　抵抗は無駄だ！　全員、その場に座れ！」

がなり立てる声に、乗客たちは恐怖に顔を青ざめさせながら、ノロノロと従う。

利菜とフォルテも、その場に座った。

武器は持っていないが、この程度の人数くらい、どうにかできないだろうか、と利菜は考える。

「あせりは禁物だよ。エンジンを押さえられているんだ」

フォルテに耳打ちされる。

その通りだ。銃を持った男たちはコントロール・ルームを占領していると言っていた。万が一、馬鹿な考えを起こして、この船ごと墜落させられたら、被害が自分たちだけでは済まない。

「き、君たちの目的はなんだ！」

白い制服に勲章をいくつもつけた壮年の男性が叫ぶ。

確か、彼はこのステラの船長だ。

船長室から、ここまでビスティオを名乗る男たちに引きずり出されたのだろう。彼のこめかみから、わずかに血が滲み出ている。おそらく、銃で殴打されたのだ。

船長は毅然として男たちを睨みつけている。

「コントロール・ルームを支配するなんて、な、何が目的なんだ！　コントロール・ルームは、この船の心臓だ！　そこを占拠されたら、船の舵が取れなくなってしまう！　やめろ、やめるんだ！」

（馬鹿）

利菜とフォルテは同時に舌打ちをした。

ただでさえ騒然としていたダンスホールが、船長の不用意な言葉で阿鼻叫喚と化している。

船のコントロールが奪われている状況にパニックになってしまったのだ。

「うるさい！　黙れ！」

銃声がした。威嚇用に放たれたその音に、乗客はみなシンと静まり返る。けれど、混乱した空気はよりいっそう、濃密になった。

「我らの目的は、女帝の頭に、この船を墜落させること！　真実の神に代わって堕落しきった帝都の民に鉄槌を下すのだ！」

悲鳴が上がる。女帝の頭にステラを落とすということは、帝都にこの巨大な飛行船を墜落させるということだ。そんなことになったら、どんな大惨事になるかわからない。

「若様、予想以上に馬鹿なことを言ってますよ」

「ヤクでも打ち込んでるんじゃないのか」

利菜とフォルテは小声で、話し合う。

利菜は冷静だった。犯人の言葉が真実だとは思わなかったからだ。

最初から飛行船の墜落が目的ならば乗客を脅したりせず、さっさと実行してしまえばいい。その方が邪魔が入らず確実だ。

利菜だったら、間違いなくそうしている。

「や、やめるんだ！　帝都には、何万という人々が……！」

「堕落しきった都に生きる家畜どもに、命乞いをする資格はない！　我らは、古の大変動になぞらえ、この帝都を壊し、再び新しい国を建国するのだ！　破壊を！　破滅を！　破滅こそ、すべての始まり！」

リーダー格の男の雄叫びに同意する歓声が上がる。狂気がホールに渦巻いていた。

ひとしきり雄叫びを上げると、男はスッと冷静な目をホール全体に向ける。

「この場にいる二十歳未満の乙女たちには、各自の部屋に戻ってもらおう」

変なことを言う。人質を取るならば、一ヶ所にまとめていた方がいいに決まっているのに。

「しょ、少女たちに何をするつもりだ！」

誰かの質問に男はニヤリと笑って答えた。

「聖なる儀式には、それ相応の美しい魂が必要になる。それまでは、なるべく傷をつけたくはない。私はクールだが、仲間の中にはホットなやつもいてね。うっかり――」

「きゃあああああ！」

絹を裂くような悲鳴が上がる。

ビスティオの一人が、綺麗なドレスを身にまとっている少女の胸を無造作に握りしめていた。

「へへへ」

痛みと恥辱に身をよじる少女を下卑た笑みを浮かべて見ている。

「オイタをするな。贄は清らかなまま、というのがセオリーだ」

そうして、リーダー格の男は再び乗客に目を向ける。

「ふふふ。このように、ついうっかり大事な贄（にえ）を傷つけてしまうかもしれないのでね。部屋に閉じ込めていた方がお互いのためなのさ。その時まではな。お前らが武器を持っていないことは知っている。丸腰では敵（かな）うはずもあるまい。頼みの綱の犬どもも、無様（ぶざま）に這（は）いつくばっているしな！」

武器は全員、乗船口で預けている。利菜と同じように、他の人たちも取り上げられているはずだ。

「……若様は何か持ってないんですか？」

「ポケットの中にチョコレートがあるくらいかな」

どうしてクマのぬいぐるみに仕込む前に、自分の武器を確保していなかったのだ。

肝心なところで抜けている。

「なお、船内には星（アスターシェ）が使えないように特殊な結界を張ってある。馬鹿な考えは、持たない方が身のためだぞ」

武器も駄目。星（アスターシェ）も駄目。人質が多すぎて、八方塞（ふさ）がりだ。

二十歳未満の乙女——主に白薔薇の園（メア・プリローズ）の女生徒たちは、武器を持つ男たちに追いやられ、それぞれの部屋に軟禁されることになった。

「あれ。失敗したかな」

部屋に閉じ込められた利菜は、さっそくドアに向かい、簡単な攻撃の星（アスターシェ）を仕掛けてみた。

ドアには鍵がかけられ、内側からはどうあっても開けることができない仕組みにしてあるのだ、とご親切にも説明されている。

その言葉を疑ったわけではないけれど、物は試しとやってみた。結果、何も起こらない。

「大抵、こういった特殊な機械の中では星(アスターシェ)の使用は制限されているものですわ。万が一、機械に星(アスターシェ)の影響があったら困るでしょ？　そもそも、先ほどあの男たちが言っていたではありませんか、結界を張ってある、と」

レイニーが呆(あき)れた声をかけてくる。

顔から血の気が引いているものの、気丈にも彼女はいつも通りに振る舞おうとしていた。

レイニーは本当は違う部屋なのだけど、利菜たちと一緒に部屋の中に入ってきたのだ。自分も同室だと言わんばかりの、堂々とした態度で。

メイはずっと泣きっぱなしで、部屋に戻ってからもベッドの中に入り込み、涙を流している。よほど怖かったのだろう。こういう時に、泣くなというのは酷(こく)だ。

「……病院と携帯みたいだね」

機械に影響するなんて、星(アスターシェ)とは電磁波の仲間なのだろうか。

「けいたい？」

「なんでもない。それよりも、星(アスターシェ)が使えないのは難儀だな」

仕方がない。ここは原始的な手段でいくか……と、利菜は穿(は)いていたストッキングを脱ぎ始めた。

部屋に女の子しかいないとはいえ、いきなりストッキングを脱ぎだした利菜に、レイニーはギョッとした顔を向ける。

「何をなさいますの？」

見守る少女の視線の中、水槽に入っていた小石を掴み、次々とストッキングの中に入れていった。

ある程度小石を詰め込むと、キュッと結び目を作る。

「この絹のストッキングも、まさか小石を詰められる運命になるとは思っていなかっただろうけど……犠牲になってもらおう」

本当は普通の靴下の方が使いやすいが、贅沢を言っていられない。

利菜は即興で武器を作り上げると、レイニーに手渡した。

「え？　な、なんですの……これ？」

「ブラックジャックという道具だよ。振り回してターゲットにぶち当てれば、ノックアウト間違いなし」

そこら辺の武器よりも使い勝手がいいのだと、利菜は説明をする。

「何せ、衝撃が強い割に外傷が残らない。狙い目は、こめかみだ」

「……そんな物騒なものを、どうしてわたくしに持たせますの？」

「護身用に決まってるでしょ」

さらに、利菜はクマのぬいぐるみをひっくり返すと、お尻の部分——尻尾の付け根辺りに糸のほつれを見つける。そこから強引に糸を切った。

慎重に中に指を入れ、布と綿の間に隠れているものを引っ張り出す。

「な、なんですの……それ？」

かったらしい。

「さあ。なんだろう」

利菜は分解されたそれを引っ張り出し、組み立てる。完成すると、レイニーにもそれが何かわ

「リナさん。そんなものをぬいぐるみに入れていますの？」

「犯人は私じゃない……って、よく見たらリボンもいつものやつじゃないな」

色が同じ青なので気付かなかったが、リボンが革でできている。手に取るとホルスターだった。

フォルテはこういう事態になることを予想していたのではないか、と勘ぐりたくなる。

利菜はドレスのスカートをめくり上げ、白い太ももを剥き出しにした。

「な、何をなさいますの？」

ストッキングを脱いだ時よりも、露骨にレイニーは動揺した。その声に、頭から毛布をかぶって
いたメイが鼻をグスグスと鳴らしながらも顔を出す。

「ど、どうしたんですかぁ？」

メイも利菜の太ももを見て、目を白黒させた。

「リ、リ、リ、リナさん⁉　も、もしかして犯人に色仕掛け⁉　だ、駄目ですよ！」

「わたくしも反対ですわ！　そんなこと、絶対に許しませんわよ！」

二人そろって「断固反対！」と、声を合わせる。

「私の色香でまどわされるもの好きが、どこにいるんだ」

利菜は呆れて返しながら、青いリボンタイプのホルスターを太ももに巻いた。

組み立てた武器――サイレンサー付きの小型の銃を太ももに装着する。目立たないように、太ももの内側に隠した。これでドレスを下ろせば、外からバレることはまずないはずだ。具合を確かめ、再び銃をホルスターから取り出す。ついでに、ドレスを脱いでいつものワンピース姿になった。ドレスよりは、動きやすい。

さらにヒールのついた靴から、動きやすい靴に履きかえる。これで、だいぶ自由に動ける。

「ちょ、リナさん？　な、何をする気ですか？」

「ちょっと様子を見てくる」

近くに買い物に行ってくる、くらいの気軽さだったが、メイたちはそろって反対と訴えてきた。

「危険すぎます！　何人もいるんですよ!?　いくらリナさんが強くても、無謀（むぼう）です！」

「相手は武器を携帯しているんですのよ!?　怪我したら、どうしますの!?」

「その時は、その時」

「そういうわけには、いきません！　相手はテロリストなんですのよ!?　帝都に船を落とそうとする、危ない人たちですわ！」

「テロリストに間違いはないと思うけど、飛行船の落下が目的ではないと思うな」

利菜の言葉に、レイニーとメイが「どういうこと？」と視線で尋ねてくる。

「アレは単なる脅し。パフォーマンスだよ」

利菜は銃を確認した。

授業で何度も演習をしている、星塊（アスタロージュ）と呼ばれる特別な銃弾を使う、最新鋭のタイプだ。

星塊(アスタロージュ)とは、星(アスターシェ)を小さく圧縮し、弾丸状にしているものだった。専用の機械に充填(じゅうてん)して使うもので、使用者の能力値の高さによって威力がかわる。

呪文を唱えることでさらに威力を倍増させることができるのが特徴だ。

「船を落とすのが目的なら、人質なんて取る前に落としてしまえばいい。きっと今頃、帝都と取引でもしてるんじゃないかな。莫大な身代金でも請求して」

利菜の冷静な言葉に、メイたちもなるほどという顔になった。

「じゃ、じゃあ……船が落とされたりはしないんですね？」

希望を見出して喜ぶが、その喜びを利菜は即座に切り捨てた。

「う～ん。最終的にはどうなるかわからない。そうならない内に、手を打っておこうと思って」

「……一人で行くつもりですの？」

「私一人なら目立たないと思うし。せめて、うちの先生たちだけでも解放することができれば……」

利菜の目的はハイジャック犯を制圧することではなく、教師たちの解放だ。自分一人では難しいだろうが、彼らが動けるようになれば、状況がかわると思う。

「まあ、無理ならすぐに帰ってくるよ。様子を見に行くだけだから」

サイレンサーを確認して、銃口を鍵穴に向ける。星(アスターシェ)は使えないと聞いていたが、予(あらかじ)め弾(たま)になっているものならば、使えるはずだ。

「それに、この大きな船体すべてに結界を張っているわけではないと思う」

ハイジャック犯は結界を張ったなどと簡単に言っていたが、そう容易なものではないと、今の利菜は理解していた。

強力な結界で広い範囲を囲むには、熟達した使用者が数人必要になる。大きな船を丸ごと閉じ込めるには、皇帝に仕(つか)えることができるレベルの術者を複数連れてこなければ、無理に違いない。

「たぶん、使用できないのはコントロール・ルーム、ダンスホール、それから私たちの客室だけだと思うよ」

そうでなければ、ハイジャック犯たちも、同じように星(アスターシェ)が使えないことになる。

「これだけ大きな船の中で、自分たちも星(アスターシェ)が使えないのは……さすがに、不安だと思うんだ」

人質を閉じ込めている場所以外では、星(アスターシェ)の使用制限がかかっていない――それが、利菜の見解だった。だけど、本当にそうかはわからない。わからないからこそ、確かめなければ。

銃の中に補填(ほてん)されている弾(たま)は全部で十弾。撃ちきってしまえば、自分で星塊(アスタロージュ)を作り上げなければいけない。星塊(アスタロージュ)の作り方は知っている。

知っているが、まだそこまで授業が進んでいないので、一度も実行したことはなかった。

星(アスターシェ)を圧縮して作る星塊(アスタロージュ)の製法は、一年やそこらでは習得できるはずのない、高等技術なのだ。

ちらりとレイニーとメイを見る。レイニーは不安そうに表情を曇らせていた。メイの目には、まだ涙が残っている。泣きすぎて、メイのそばかすの散っている鼻の頭が真っ赤だった。

利菜は一度メイに近づくと、ふわふわの髪をワシャワシャと撫(な)でた。

「わわわ、リ、リナさん？」

突然のできごとに目を白黒させるメイの鼻の頭を指先でチョンと触る。利菜は少しだけ笑った。

「大丈夫。心配はいらないから」

もう一度、先ほどよりもしっかりとした声音で告げる。

乗船してすぐ、ステラから見える景色に喜びの声を上げていたメイ。レイニーも嬉しそうに笑っていた。利菜は旅行そのもの以上に、二人が一緒にいてくれるから楽しかったのだ。

笑顔の二人を見るのが好きだ。

豪華な飛行船でドレスアップをして、ダンスを楽しんで――

この旅行は三人にとって、かけがえのない思い出になるはずだったものだ。

それに水を差した連中がいる。

許せるわけがない。

利菜は二人に背を向けドアへ向かう。

瞳に力をこめた。

「それに」

利菜は銃を構える。笑みを浮かべ、まずは、一発。

「こういう事態には……割と、ワクワクしてしまうタチなんだ」

もう後には戻れない。

＊　＊　＊

「とんでもない状況になったわね」

「ああ。せっかくのダンスパーティーが台無しだ」

「今日のためにドレスを新調したのに……。ローンを組んだ甲斐がないざます」

ダンスホールの柱の陰で他の人質たちと同じように座りながら、スコッティー、チェルター、マーガレットの三人は小さな声で話し合っていた。近くをハイジャック犯たちが武器を持ちながら、ウロウロとしている。

床に倒れている警備隊の連中は、狙われたのが足なので死ぬことはないだろうが……血を流し続けるのは、よくない。

「この場にいる連中程度なら、どうにでもなるが……」

「やるざます？」

犯人グループは護衛隊だけを警戒しているようで、まさか教師の中に護衛隊など足もとにも及ばない危険な連中がいるとは、思っていないに違いない。三人をごく普通の人質として、扱っている。

「馬鹿ね。ここの連中をぶちのめしても、コントロール・ルームを乗っ取られてるんじゃ話にならないわよ」

「そうだな。おそらく、こちらの異変を察した瞬間に、墜落」

三人の小さな嘆息が重なる。

「……今この船、どこら辺を飛んでるの？」

「たぶん、リーガ地区ですわ。人口五万ほどの、比較的大きな場所ざます。万が一墜落すれば、被害は甚大……都市の機能は完全に麻痺してしまうざますね」

マーガレットの重い口調に、スコットティーのため息が乗った。

「もお。なんで、誰一人こういう事態を想定してなかったの。みんな、平和ボケしすぎじゃない？」

「同じ質問を返そう、サーシャ・スコットティー教師」

「まさか、ステラ内でこんな危険なことをするお馬鹿さんがいるなんて思わなかったざますものね……。いや、何も知らないからこんな恐ろしい真似ができるのかも……」

豪華客船ステラ。贅沢の極みとも言える、帝都の宝――というのは、表向きの姿だ。

一般には知られていないが、ステラにはもう一つの顔がある。

船内にあるカジノは帝都最大のシンジケート――ローズハート・ファミリーが仕切っているのだ。

ローズハート・ファミリー。歴史あるマフィアのファミリーで、帝都では最大規模を誇っている。

その起源は皇帝を守る騎士団だったが、長い歴史の中で次第にアングラサイドに活躍の場を移動した。そのため現在でも、女帝と強いパイプを持っている。

首領を頂点とするピラミッド型の構造で、強い忠誠心と暴力という恐怖支配によって組織を維持していた。

そこに所属する人間は血の掟によって結ばれ、組織の実態を他者にもらすことはない。麻薬や売春などの犯罪はもとより、公共工事への介入など、その活動は多岐にわたった。

現首領は、〝毒蛇の淑女〟と呼ばれている女性だ。

あのローズハート・ファミリーが、ステラをならず者たちに乗っ取られて、黙っているはずがない。このことが知れたらどうなるか、考えるだけで恐ろしい。

「今現在……ピアニッシモ家の若君も、この船に乗っている」

「……あー……さっき、見た」

さらに空気が重苦しくなる。犯人たちも、なんと間の悪い。

ピアニッシモ家。

帝都ロザンクロスでもっとも歴史のある家の一つ。数代前の皇帝より侯爵の爵位を授与されている名誉ある家でもあるが、実はローズハート・ファミリーに所属している。

アングラサイドに堕ちても、その発言力と権力は昔とまったくかわらず、皇帝の設(もう)ける議会に出席することもできる身分なのだ。薔薇(ばら)をモチーフにした帝都の中でも随一に美しい屋敷を有する。

「どうせ船を落とすなんて、脅し以外の何ものでもないでしょうが……本当に、なんでローズハートの息のかかった船に手を出したんだか……」

ハイジャック犯が下船した瞬間、ハチの巣にされる未来が見えるようだ。

不意に、ぴくりとチェルターの表情が動いた。星(アスターシェ)が動く気配がする。

「生徒の一人が動いている」

「誰ですの？」

「リナ・カイドウだ」

その名前に、マーガレットもスコットティーも反応を示す。それぞれが、思考を巡らせた。

「いくらミス・リナが優秀な……いえ、優秀すぎる生徒でも、さすがに危険ざます」

「心配性だな、ザーマス教師」

「……ミスター・チェルター。あなたまで、その名前で呼ばないでほしいざます」

不満げにマーガレットがブツブツと呟(つぶや)く。対照的に、スコットティーは口角を上げた。

「この船には、色んな貴族や大企業の社長が乗り込んでるもの。うちの生徒の実力を売り込む、絶好の機会だわ」

「非情なことをおっしゃるんざますね、サーシャは。当の生徒が怪我でも負ったら、どうするざます」

「どうもしないわよ。命は一つしかないんだから大事にしなさいって、授業でもよく教えてるし、こういう状況で何かあっても、自己責任でしょ。もしかしたら、これをきっかけに過去最短記録の卒業生が出るかもしれないわよ？」

楽しそうにスコットティーが言うが、マーガレットの表情は晴れなかった。

彼女ほど、楽観的にはなれないようだ。

「そんなに心配か」

「当たり前ざます。自分の生徒を心配しない教師がどこにいるざます。あの子はまだ十八になったばかりの少女ざますのよ？」

「だが、君はもっと若い時から戦場に出ていたではないか――白刃の乙女(ヴァリキュリー)として。私の記憶では、君が初めて白刃の乙女として抗争の舞台に立ったのは、十四歳の時だと覚えている」

「わたくしの時とは時代が違うざますわ。主(おも)だった抗争がない平和な時代に、十代の若い子を矢(や)

面(おもて)に立たせるのは反対だと、わたくしは申し上げていますの」

　かつて帝都では、マフィアによる血で血を洗うような抗争が絶えない時代があった。利権を奪い合うマフィア同士の抗争は、一般市民の生活を脅(おびや)かすレベルで帝都全体に蔓延(まんえん)し、女帝所属の騎士団すらも及び腰になっていた。

　そんな時代、ローズハート・ファミリーは身の回りを世話するメイドや執事たちに武力のある人材を必要とした。それが――白刃の乙女と呼ばれる戦うメイドと、白盾の騎士(ジークフリート)と呼ばれる戦う執事である。普段はごく普通に奉公人として働き、有事の際は戦闘員として武器を取る。

　マーガレットは、その白刃の乙女の一人だった。

「一般には知られていないが、そもそも白薔薇の園(メア・プリローズ)は、マフィアであるローズハート・ファミリーが経営している学校だ。ほとんどの生徒たちは普通に執事とメイドになるための教育を受けるが……ごくごく一部の適性ある人間のみが、我々のクラスに流れてくる。女性ならば、白刃の乙女としての選定を受けるために。リナ・カイドウは、非常に優秀な生徒だ。心配はあるまい」

「それでも、ざまです」

「あんた、母性が強すぎるのよ。まあ、とにもかくにも……ここにいる私たちには何もできないんだから、動ける人間に任せるしかないわ。あの子は頭のいい子だもの、無理だと判断したらやめるるわよ」

　攻めることも、引くこともできる子だ、とスコットティーは続ける。

　今はただ、動いている生徒を信じるしかないのだ――と。

「っ！」

「なああ!?」

「がっ！」

余計な悲鳴を上げさせないように、利菜は通路に立っていた男たちを襲撃していた。

三人の内二人の意識を完全に奪い、一人はかろうじて意識が残る程度にダメージを軽減させる。当てる場所と力の調整を間違わなければ、難しいことではない。

延髄（えんずい）を強く打撃したので、しばらく立ち上がることはできないはずだ。通路に転がる男の上に跨（またが）り、苦痛に喘（あえ）ぐ彼の口の中に利菜は銃口を突っ込む。

「仲間は何人いる？」

銀色の重厚な筒をさらに押しつけると、男の混乱しきった瞳が、利菜に向けられた。

彼の顔は憤怒（ふんぬ）に染まっている。自分たちを襲撃した犯人が十代の娘と知って、プライドが傷ついたのかもしれない。激しく抵抗しようと動く。

その左腕に、素早く引き抜いた銃口を押しつけ、利菜は引き金を引いた。空いている方の手で、男の口を塞（ふさ）ぎ、声を奪うことも忘れない。

脅迫のためには必要な痛みというものがある。

パヒュンと空気の漏れる音がして、男は身体をびくつかせた。

血のにおいが立ち上る。

「お前たちも同じことをした。だから同情はしない。言え。何人いる。言わないなら、次は反対の腕を撃つ。次は足を。私がうっかり心臓を撃ち抜く前に、さっさと答えろ」

努めて平淡な口調にする。男が従わなければ、本当に、その通りのことをするつもりだ。

「……じゅ、十三人だ。他には、十三人………」

ダンスホールには、確か六人いた。ここに、三人。残りはコントロール・ルームか。

いや、もう少し分散している可能性が高い。

自分ならば、一ヶ所に人員を配置させることはないからだ。それに、大人数の人質を取っている大ホール以上の人数を他に配置させているとは考えにくい。どこへ行っても、六人以下と思ってよさそうだった。

「そう。ご苦労様。では、眠っていい」

再び銃口を男の口腔に押し入れる。男は硬直した。

「パシュン」

男は全身を痙攣させ、そのまま白目を剥いて微動だにしなくなる。

単なる口真似だったけれど、思った以上の効果があったようだ。

大事な銃弾なので、無駄遣いするつもりはないし、そもそも命を奪おうとは思っていない。

利菜は近くにあった部屋に男たちを引きずって閉じ込めると、口の中に薬を放り込んで放置した。

薬はメイが作った睡眠薬だ。

睡眠不足で悩む生徒のために作っていたものらしいが、即効性があるそうなので分けてもらってきた。他にも、役に立ちそうな薬をいくつか預かっている。

これで、しばらく目覚めることはないだろう。さっそく、彼女の作品が役に立った。

頭の中に船内の地図を思い浮かべながら、利菜はコントロール・ルームに向かう。

通路の曲がり角で、一度足を止めた。意識を集中し、気配を探る。壁の向こうには、誰もいない。

あまり見張りは立てられていないようだ。

ずさんすぎる。

数十人の白薔薇の園の生徒たちを、部屋に監禁しているからといって、見張りも立てずにいるなんて、考えられない愚行だ。乙女の力を舐めているのか。

ダンスパーティーの際に、暗闇に乗じて護衛隊全員を行動不能にしたのは計画的なものだろうし、その動きに無駄はなかったように思える。だが、ここにきて全体的に粗が目立つ。

まるで素人が思いつきを実行しているような……

綿密な設計図と、無茶苦茶な設計図を二枚重ね合わせたみたいな……そんな、違和感を覚えた。

けれど、今は違和感の原因をさぐっている時間がない。

利菜は、パンフレットに描かれていた船内の地図を思い浮かべた。

自分が犯人ならば、船長をどこに連れていくだろうか。

船長には利用価値がある。そう簡単には殺さないはずだ。

船のメインは、ブリッジ。そこにいる可能性は、低くないに違いない。イチかバチかで、目指してみよう。

利菜は足を早めた。

悠長にしている暇はない。今こうしている間にも、ダンスホールでは人質が恐怖にさらされている。緊張のピークで、人質が馬鹿な真似をしないか、それが気になった。

パニックになった人間は何をするかわからない。しかもあれだけの人数がパニックに陥れば、起こさないでいい大事故が起きてしまう危険性がある。

「まあ、先生たちが、どうにかしてくれるかな」

ホールには、頼りになる教師陣が残っている。馬鹿な乗客が現れても、きっとうまく対処してくれるだろう。

その時——

「誰だ!!」

ばったり、通路で犯人の一人と遭遇した。

銃口が向けられ、容赦なく発砲される。

利菜は間一髪で避けた。体を低く伏せ、男の懐に潜り込むと、その脇腹に拳の裏を抉るように叩きつける。

「ぐ!」

続いて、勢いをつけて右手を地面につけた。その手で身体を支え、左足を跳ね上げて逆立ちの体勢を取る。そして右腕をひねって身体を回転させた。

「うがあ！」

さらに身体をひねり、左手を通路について、両足の間に男の首を挟んだ。そのまま勢いをつけて、男の身体を投げ飛ばす。

脳天から床に落ちた男は、それ以上動くことはなかった。

カポエラの動きを取り入れたものだ。ぶっつけ本番だったが、うまくいってよかった。

完全に男が伸びているのを確認して、近くの部屋に隠すと再び、利菜は早足で歩いた。

ほどなくして、コントロール・ルームに辿り着く。途中までブリッジを目指していたのだけれど、その前にコントロール・ルームがどうなっているのか確認しておく必要があると思ったのだ。

他の部屋とは違い、扉は厳重な造りになっていた。

鍵がかかっているだろうが……さて、どうしたものか。

閉じ込められていた部屋のように、銃で開けばいいが、さすがにそう甘くはないに違いない。

扉は鉄に似た物質でできている。いくらなんでも、ぶち壊すことは不可能だ。場所が場所なだけに、たとえ星が使えたとしても、使用しない方がいいだろう。下手をすれば、星が影響して船が墜落……などと、笑えない状況になるかもしれない。

そうなれば、何もかもが無駄になる。

仕方ない。

利菜は背筋を正すと、扉をドンドンと叩いた。

入り方がわからないのならば、中から開けてもらうしかない。どちらにしろ、ここを制圧しなければ話にならないのだ。

中から人間の気配を感じる。誰か、いるのだ。

鍵の回る音がした。

ガチャリ……

瞬間、開きかけた扉を利菜は強く蹴りつけた。扉の向こう側にいた誰かが、うめき声を上げて後ろに吹っ飛ぶ。

利菜はそのまま部屋の中に突撃し、呆気にとられるハイジャック犯を次々に、のしていった。

あまりの早業に、コントロール・ルームにいた犯人たちはただなすがままに、やられていく。

利菜の攻撃は、すべて一撃必殺だった。本当に殺すことはしないが、一撃で相手を行動不能にするほどのダメージを与えることに特化させているのだ。

死角になっている場所で、誰かが蠢く気配を感じとった。

素早く利菜は銃を撃つ。

パシュン！　パシュン！

「ぎゃあ！」

「ひぐ！」

使った銃弾は二発。撃ち抜かれた男たちの口の中にメイの睡眠薬を放り込んだ。

十秒もかからぬ内に、利菜はコントロール・ルームを制した。

ここは、これでいい。

犯人たちも、堂々とドアをノックする相手が人質側の人間とは思わずに、油断したに違いない。

行き当たりばったりだったが、ここもうまくいってよかった。

相手がきちんと訓練した兵士だったら、間違っても引っかかるような手ではなかったが……

これでハッキリした。相手は素人だ。いや、素人が混じっている。

今までの手応えを考えると、大半が素人の寄せ集めなのではないだろうか。

今度こそ、利菜はブリッジを目指した。


「キシャアアアアアアアアアア!!」

突然、空を裂くような声が耳の鼓膜を激しく刺激する。

ブリッジまで無事に辿り着き、船長を拘束している犯人たちをぶちのめしたところまでは、よかったのだが……

利菜は助けたはずの船長に襲いかかられていた。

「想定外」

攻撃を避け、憮然と呟く。

人質だと思っていた相手が奇声を上げて襲ってくるなんて思ってもみなかった。

何がどうなっているのかよくわからないものの、どう考えても、船長は正気を失っているように見える。

目は充血して真っ赤に染まり、唇の端から唾液をダラダラとこぼしていた。紳士に見えた少し前の姿とは、かけ離れている。

彼の手には、裁縫用の大ぶりの鋏が握られていた。しかも、両手に。

「斬らせろ肉ぅううううううううううううううううううううう！　退屈なんだよ！　今まで、大人しくいい子にしてたんだ、もっともっと、もっともっと、楽しませろ！」

船長の声が、二重になって聞こえた。

一つの口を使い、二人の人間が同時にしゃべっているようだ。

船長は――いや、船長の姿をした何かは、跳躍し、利菜の目前に移動してきた。

利菜は反射的に銃の引き金を引く。

けれど、避けられた。

速い！　今まで、見たことのない速さだ！

腕に痛みを感じた。鋏の刃が、利菜の腕を切り裂いている。

鮮血が舞った。

血の滴が床に落ちる前に、利菜は再び船長に銃を向け発砲する。

次も避けられた。このままでは無駄に弾を消費するだけだ。

残りの数は――

「ノロいぜお嬢ちゃん！」

利菜の眼球を狙って、鋏が向けられる。

後ろに下がり間一髪で避けるが、後ろは壁でこれ以上、下がれない。

「オラオラオラオラ！」

追撃は激しく、鋏は利菜が避ける度に壁にぶつかり、火花を散らす。

どんな原理が働いているのか、おそろしい威力だ。当たれば、一発で利菜の顔面は抉り取られてしまうだろう。

利菜はしゃがみ、身長差を利用して男の視界から逃げると、距離を取った。けれど、すぐに男は身体を半回転させ、腕を伸ばしてくる。

速いし、しつこい。

銃口を向け、引き金を引くものの、何も起こらなかった。

（しまった。銃弾が切れた）

逃げ回りながら、利菜は星を指先に集めた。ブリッジでは、星の制限はされていないようだ。

（大丈夫。使える）

走りながら、意識を集中する。

指先に身体中の星を集め、具現化した。

（いける。大丈夫）

「反逆の色は——蒼」

唇に言葉を乗せると、銃身がわずかに熱くなったのがわかった。

「虚空（こくう）を穿（うが）ち、勝利を、我が手に！」

一気に、銃身が熱くなる。

星塊（アスタロージュ）――その維持が、難しい！

距離を取って撃てば、再び避けられるに決まっている。だから、利菜は相手の懐（ふところ）に飛び込んだ。

二つの大きな刃が的確に、こちらの急所を狙ってくる。利菜は左腕で、急所の一つを庇（かば）った。

肉を貫（つらぬ）いた感触に、船長の顔が愉悦に歪（ゆが）むのを間近で見る。醜悪（しゅうあく）なその表情に鳥肌が立つ。

「くぅ！」

利菜は苦悶（くもん）に顔を歪（ゆが）ませた。左腕を犠牲にして、銃口を男の肩に押しつける。

「滅せよ！」

蒼（あお）い弾丸が銃口から発射された。それは船長の身体を撃ち抜く。瞬間、彼の身体が激しく痙攣（けいれん）する。

「「ぐ……がががががががががが!!」」

まるで洗濯機の中に間違えて入れてしまった異物のように断続的な悲鳴を上げ、船長は吹っ飛ぶと、そのままあっけなく動かなくなった。

「痛い。本当に痛い。最悪」

超痛い。

利菜は赤く染まった腕を押さえる。腕は急所ではないけれど、痛いことにはかわりがない。

毒づきながら、吹っ飛んだ船長へ慎重に近づいた。ピクリとも動かなくなった船長の口もとから、黒い何かが飛び出すのが見えたのだが、痛みのせいで反応が遅れた。

あっと言う間にそれは消え、あとは倒れたハイジャック犯たちと、船長、それから全身を汗でびっしょりと濡らした利菜だけが部屋に残った。


コントロール・ルームを解放した利菜は廊下を全力で走っていた。走りながら、考える。

利菜には二つの選択肢があった。ダンスホールに閉じ込められているフォルテや教師陣を含む乗客を解放するか、それとも各部屋に押し込められている少女たちを救うか。どちらを優先しよう。

心情的には早くメイとレイニーを解放してあげたい。けれども、利菜はダンスホールに向かうことにした。

あそこにはフォルテと教師陣がいる。この飛行船のスタッフたちも、多く閉じ込められていた。ハイジャック犯からコントロール・ルームを取り返しているので、帝都に墜落する危険性はなくなったものの、別口の問題が発生していた。

利菜が容赦なく船長を倒してしまったので、現在ステラは操縦者不在で飛行しているのだ。今のところ安定しているが、いつまで続くかわからない。利菜に、ステラの運転は無理だ。

ステラの操縦ができる人間が必要になる。

利菜は通路からダンスホールの方の様子をうかがった。

最大限の警戒を怠らない。ここでしくじっては、元の木阿弥だ。

血を流しているせいで、頭がクラクラした。興奮で痛みはまださほど感じないけれど、アドレナリンが引けば激しく痛むに違いない。それを考えるとやや憂鬱になる。もう少しうまくやればよかった。

血にまみれた腕は、服の一部を引き裂いて止血している。これ以上血が流れるのは防いだものの、すでに痺れ始めていた。

なるべく足音を立てないように注意しながら、入り口に近づく。観音開きのドアは開いたままになっており、中を把握するにはちょうどよかった。

ハイジャック犯としても、外の様子を見るのに、ドアを開けていた方が都合がよかったのだろう。

「……」

身を屈め扉の陰に身を潜める。ここにいる以外のテロリストは、全員倒しているはずだ。

あとはダンスホールのハイジャック犯を倒し、飛行船のことをよくわかっている人たちに船のコントロールをバトンタッチしてしまえば、利菜のできることはない。

見える範囲で中を観察すると、利菜たちがダンスホールにいた時にはいなかった、コック服を着た人や作業服を着ているスタッフたちがいる。どうやら自分たちと入れ替えに、ダンスホールに配置されていないステラのスタッフを集めたようだ。

ホールの中にいる人質たちは全員、腕を背中に回して手首を縛られていた。

十代くらいの女性スタッフは見当たらないので、おそらくは利菜たちと同じようにどこか別の場所に監禁されているに違いない。

（……うーん。若い女だけ別にされると）

人身売買が目的なのではないかと疑ってしまう。

利菜の生家である海堂組はそういった非人道的な商売はしていなかったけれども、他の組や他国のマフィアが女を売り買いしているというのは耳に入ってきていた。

(それに)

利菜の見える位置に、犯人の一人が立っていた。確か、最初に発砲したリーダー格の男だ。

彼は武器を携えているものの、その立ち姿はどこかリラックスしているように見える。銃を弄び、怯える乗客たちに銃口を向けてからかっては、暗い愉悦を味わっているようだ。

完全に油断している。

(この船を帝都に落とすとか言ってたのに)

リラックスしすぎじゃないかと思う。

船を墜落させるということは、もちろん船内にいるハイジャック犯たちも一緒ということだ。彼からはそういった強い覚悟や悲壮感が感じられない。

(脱出ルートを確保しているんだろうか)

そんな考えが頭をよぎる。

ハイジャックが自分たちだけ脱出する方法を用意しているのであれば、あの余裕も納得がいく。

若い女だけ別にしたのは、何かしらの方法で連れ出すことができるからかもしれない。

飛行中のステラからどうやって脱出するつもりかわからないけれども……

まあ、その辺りは犯人をすべてとっ捕まえればわかってくるに違いない。

実のところメイとレイニーとの楽しい旅行を再開できれば、利菜にはそれ以上の関心はないのだ。

（あ）

奥の方で、何かが動く。それはわずかな動きだったが、利菜には十分だった。

男の奥に、スコットティーが横たわっていたのだ。彼女の視線は真っ直ぐに利菜を見つめていた。

どうやら、自分の存在に早くも気がついてくれたらしい。

（そっち、うまくいったの？）

スコットティーの唇を読み、利菜は頷く。

（コントロール・ルームは制圧済みです）

同じように声には出さず、唇の動きだけで伝える。

スコットティーの唇が大きく吊り上がった。瞬間。小柄な肉体を跳ね上げ、後ろ手に縛り上げられたままの格好でリーダー格の男に大きくタックルする。

「な⁉」

虚を衝かれた男はバランスを崩しながら、慌てて銃をスコットティーに向けた。けれどそれが発射される前に、強烈な上段蹴りが顔面に放たれ、男は吹っ飛ぶ。

その間に背の高い男――チェルターが立ち上がり、簡単に背中の縄を引きちぎった。チェルターは手近にいた犯人の頭を掴み、そのまま力任せに壁へ投げつける。そして、マーガレットの手首を解放した。

マーガレットはどこから取り出したのか小さなナイフを両手に構え、サッと投げて遠方にいた犯人に命中させる。

ものの数秒だ。見事というほかない。

犯人だけではなく人質たちさえも、何が起こったのか理解していないようだった。

(最後の美味しいところをすべて持っていかれた)

全員無事ならばそれが一番とはいえ、ほんの少しだけ引っかかりを覚える。

そんなことを思いながらダンスホールに入り、利菜はフォルテのもとへ一直線に向かった。どう考えても、あとは教師陣に任せていた方がいいに決まっている。

「若様。助けにきました」

縛られている手首を解放すると、フォルテが立ち上がり室内の様子を眺めた。それでだいたいの状況は把握できたらしい。

「……君には驚かされるな」

彼は心底驚いているようで、マジマジと利菜を見下ろしてくる。こんなに驚くフォルテは珍しい。

「占領されていたコントロール・ルーム……解放したんだね？」

「はい」

「君が？」

「はい」

「まいったな」

ドッと疲れたように、フォルテは額に手を当てる。フォルテの反応がイマイチよくないので、利菜はわずかに眉間に皺（しわ）を寄せた。

「若様が武器をくださったんじゃないですか」

「それはそうだが……俺は護身用になればと。さすがに、ハイジャック犯の制圧までさせる気はなかったよ。怪我してるじゃないか」

「動けるのは私だけでしたから。迷惑でしたか？」

コントロール・ルームを占領されている以上、力があったとしても白薔薇の園（メア・プリローズ）の教師たちは迂闊（うかつ）に動けない。ダンスホール内にいる犯人を倒しても、仲間が異変を察して何かしないとも限らないからだ。船を墜落させる可能性もゼロではない。

だから、利菜が動いたのだ。何より、せっかくの旅行を台無しにしてくれた連中に、ほえ面（づら）をかかせてやりたかった。利菜としては、犯人たちをボコボコ……倒せたので満足している。

「いや、期待以上だ」

「ありがとうございます」

フォルテに褒（ほ）められて、利菜は素直に嬉しかった。

フォルテを助けたし、後は教師陣に任せて、気になっているメイたちの様子を見にいこうと踵（きびす）を返す。

「あ、リナ！　手当を！」

「早く友達に会いたいので！」

走り出した利菜に、「その真っ赤な腕で……？」と困ったように続けるフォルテの声は、まったくもって届かなかった。

利菜は部屋に辿り着き、扉を開けた。

「メイ、レイニー、無事？　泣いてない？」

部屋の中では、出ていった時とかわらずメイとレイニーがベッドに座っていた。

利菜は安堵し、思わず顔をほころばせる。

――が。

「リナさん血がぁああああああああああ！」

「きゃぁああああああああ！　早く医者を!!」

メイとレイニーの顔色がこれ以上にないほど真っ青に染まった。

メイの目に今までで最大の涙が溢れ、驚いたことにレイニーまで泣き始める。これには、利菜も怯んでしまった。おろおろと、レイニーに近づく。

「レ、レイニー？　ど、どうしたの？　お腹が痛いの？　それともお腹が空いた？　確かに私もそろそろお腹が空いた……」

「このお馬鹿さん！　こ、こんなに怪我をして……！」

レイニーが、傷口に触れないようにそっと利菜の腕を取った。それは血で真っ赤に染まっている。

利菜は困った。困りながらも、胸の奥がほんわかと温かくなる。二人が自分の心配をしてくれたことが嬉しかった。

「ごめん」

謝罪を口にしながら、クラリと意識が遠のいた。

血を少し流しすぎたらしい。事件が解決したことで、気も抜けてしまった。これぱかりは、根性ではどうにもできない。

「リ、リナさん⁉」

「リナさん⁉」

二つの心配する声が、遠くなっていく。ゆっくりと、利菜は目を閉じた。

（起きたら、ちゃんと怒られるから）

利菜は静かに眠りに落ちた。


「本当に、本当に無茶をして！」

「そうですよ。リナさん。無茶はしないって、約束したのに！」

ステラの部屋の二段ベッドに横たわった利菜は、レイニーとメイから涙の説教を受けていた。

一人大活躍を果たした利菜は、目を覚ますと、真っ赤に染め上がった腕を見たメイとレイニーにこれでもかというほど怒られた。

涙を流して怒られるのは……そう、悪い気持ちではない。

「とりあえず、無事でよかった」

そう言うと、すかさず二人に怒鳴られる。

「何が無事なものですか！　わたくしの心臓ははちきれんばかりでしたわ！」

「そうですよ！　無理なら、すぐに帰ってくる約束だったじゃないですか！」

「様子を見にいくだけだって言っていましたのに！」

「なかなか帰ってこないと思ったら……一人でハイジャック犯を制圧していたなんて、危険すぎます！」

「もう二度と、こんな危ないことは許しませんわよ！」

「私もです！」

「善処する」

「「うぬうううううう！」」

利菜の回答に、心優しい友人たちが悶えた。

＊　＊　＊

船は大事件を乗り越えて、無事に帝都領まで戻っていた。フライトは予定通り順調に進んでいると先ほど放送が流れた。

一人の少女の活躍によって、危機的状況を脱したことは、きっと明日の新聞の一面を賑わすことになるだろう。

超巨大豪華客船ステラのハイジャック犯全十五名。そのほぼ全員をリナが倒した。

「医療班によると、船長から新種の麻薬が検出されたそうです」

世間話でもするように、チェルターが機密情報をフォルテに流す。

ここはステラのレストランルーム。

傍（はた）から見れば同じテーブルで穏やかに食事をしている風景だが……

話の内容は、シビアな仕事関係である。

白薔薇の園（メア・プリローズ）では教師の一員だが、チェルターもまた、ピアニッシモ家に忠誠を誓う兵士の一人だった。


「新種……」

「なんでも、人格を分離させる作用があるらしく……。船長は薬物を購入する金欲しさに、テロリストたちに協力をしたそうです。若い女性を売るつもりだったとか。おそらく最初のダンスパーティーの騒ぎの大方の計画は船長が立てたのでしょう」

「嘆かわしい。誇り高きステラの船長にもなった男が……」

やれやれと、フォルテが息を吐いた。カチャリとフォークが皿に当たる音がする。

一人の少女の活躍で最悪の事態は避けられたが、あのまま船長やテロリストたちの思惑（おもわく）通りに物事が運んでいたら、どうなっていたかわからない。

彼らの目的が本当にそれだけだったのか、いずれファミリーがつきとめるだろう。

「ところで……」

コホンと、珍しくチェルターは少しだけソワソワしながら、次の話題を口にした。

どちらかといえば、こちらの話題が本題とも言える。

「ピアニッシモ家の若君。お預かりした生徒は、実に優秀ですよ」

「だろう？」

満足そうにフォルテが微笑む。

「ところで、他の女性二人は？」

「マーガレットとスコットティーは部屋で女子会だそうです。白薔薇（メア・プリローズ）の園の同期卒業生ですからね。あれで、なかなかに仲がいいんです」

彼女たちは喧嘩するほど仲がいいという、典型的なアレなのだ。

「二人は現役の白刃の乙女だ。うちのリナは、彼女たちの後輩になれそうかな？」

「おそらく」

白薔薇（メア・プリローズ）の園には秘密がある。

暗躍するマフィアの私兵として戦うメイドと執事を育てるという、表とは違う、裏の顔。

そうでなければ、リナたちが行っているような戦闘訓練がメイドを育てる学校で日常的に組まれるわけがない。

「ところで、リナの卒業を早めることはできるかな？」

ニコニコとフォルテが笑う。チェルターは嫌な顔でフォルテを見返した。

フォルテの言葉は質問口調だが、その実は脅しである。

「まだ彼女は在籍して、二年目です」

「二年目で、ハイジャック犯を制圧できたんだ。すごいじゃないか」

「……審議会にかけてみます」

「よろしく頼むよ。うちのメイドたちが、あの子をとてもかわいがっていてね。早く屋敷に戻してほしいとせっつかれてるんだ」


一ヶ月後。春の訪れを感じるよき日。

白薔薇の園（メア・プリローズ）のとある一室で、会議が開かれた。

教員たちすべてが集まり、議論が交わされる。

「――ピアニッシモ家の次期当主からの強い要望です。無下（むげ）にするわけにはいかないでしょう」

癖の強いこげ茶色の髪のスコットティーが強気な瞳で、静かに語る。

「だがしかし、件（くだん）の生徒はたかだか一年……いや、一年と一ヶ月しか我が校に在籍していないだろうに」

年かさの教師が難色を示した。

「非常に優秀な生徒です。ステラの事件は彼女の活躍があってこそ、被害者を出すことなく解決できたのです」

チェルターが淡々と語る。

ステラハイジャック事件は、帝都の人間を驚かせ、学園の名前をさらに高めた。

そして、フォルテの要請を受け、リナにはさらにハードな授業が組まれたのだ。

「事件当日、ピアニッシモ家の若君がその場にいましたから隠せないざます。……一ヶ月待ってくれただけでも、大変な譲歩なのだと思うざますわ」

マーガレットが言う。

「し、しかし……やはり一年という短い期間で卒業など、前例のないことだ」

「前例がなければ、作ってしまえばいい」

チェルターの声が、静かに響く。

会議室に重苦しい空気が流れた。

「――それでは、多数決を取る。賛成か、反対か。挙手を……」

「ああ、そうだ。これはピアニッシモ家の――ローズハート・ファミリーの大幹部様の強い要請だそうですよ。それは肝に銘じた方がいいのでは？」

悪戯好きな猫のような瞳で、スコットティーが笑った。

完全に、脅されている。そう思った教師は、一人や二人ではないだろう。

結果、賛成多数で会議は終結した。

＊　＊　＊

さらに一ヶ月後。

利菜は白い制服に身を包んでいた。

それは軍服のようなデザインで、下はズボンではなく、少女らしいスカートだ。シャツもジャケットも、スカートも、そしてネクタイも白。

そして、卒業生の証（あかし）である純白の剣を腰にしていた。

今日は白薔薇（メア・プリローズ）の園の卒業式だ。

広い会場の前方に卒業する生徒が座り、その少し離れた場所に在校生が並ぶ。さらに後ろの方に卒業生の保護者がいた。卒業生は名前を呼ばれると壇上に上がり、在校生と保護者に一礼するのだ。

「リナ・カイドウ。前へ」

粛々（しゅくしゅく）と式は進められ、初めに名前を呼ばれたのは利菜だった。

在校生たちの中からざわめきが生まれる。

最初に名前を呼ばれるのは、卒業生代表と決まっていた。白薔薇（メア・プリローズ）の園へ剣を捧（ささ）げるという、大事な役目が与えられるのだ。

「はい」

会場全体に聞こえるように利菜は声を響かせる。

十七歳で入学し、十八歳で卒業するという異例の人物である彼女へ、会場に集まっていた人々の視線が集まる。

保護者たちの間にも、ざわめきが広まった。

利菜は保護者席にフォルテの姿を見つける。視線が絡（から）まった。

（来てくれたんだ）

無事に卒業できたことを、誰よりもあの人に喜んでほしい。そう思っていたので、フォルテが卒業式に顔を出してくれたことが嬉しかった。

登壇した卒業生は一度、在校生側に顔を向けるのが決まりだ。

利菜は会場全体を見渡した。

「リ、リナさん……本当に綺麗です……本当に……」

常に一緒にいたメイが在校生の席で、目もとをハンカチで押さえながらむせび泣いていた。メイの卒業はまだ先だ。

在学中に膨れ上がった利菜の親衛隊の少女たちも、泣いている。

レイニーは自分のクラスの席から真っ直ぐに利菜を見上げていた。

たった一年間。一緒に過ごした時間はそう長くはない。本来ならば、存在することすら知るはずのない人たちだ。

利菜は舞台の上からメイとレイニーをそれぞれ見た。

離れるのは、利菜も寂しい。

しばらくは会えなくなるけれど、またきっと遊べるだろう。たぶん。

異世界からやってきた自分には、絶対とは言えないのが哀しいところだ。

もうこちらの世界にだいぶ馴染んでしまった。それは彼女たちのおかげだ。今、いきなり元の世界に戻れることになっても、すぐに帰ると決められるだろうか。

元の世界にいる家族には今でも会いたい。

けれども、メイやレイニー、そしてフォルテとも離れがたくなってしまった。

思えば、この世界の人たちはみんな利菜に優しい。

初対面の自分に恐る恐る話しかけてくれた、友だちがいる。

利菜がいじめられてるのだと勘違いして、助けてくれようとした友だちもいる。

怪我をした時、泣いて怒って心配してくれる友だち——メイとレイニーがいるのだ。

たった一年と少しという短い期間だったけれど思い出すことは多い。

今まで利菜の学校生活はもっとあっさりしたものだった。小学校でも中学校でも、涙の別れは経験していない。それは、自分のために泣いたり怒ったりしてくれる友だちがいなかったからだ。

利菜はもう一度、メイとレイニーを見た。

早く卒業して仕事に就きたい。そればかりを思ってきたけれど、いざ卒業となると、まだ学園に残っていたい気がする。

利菜は息を吸う。

くるりと在校生側に背を向け、壇上の学長に向かい一礼した。

先ほどのざわめきが嘘だったかのように、会場に静寂が訪れる。

利菜は半歩後ろに下がって、腰の剣を抜き、右手で柄（つか）を握って左手を刃に添えた。

この帝都の騎士の間で行われる、正式な儀式の形だ。

唇を開き、何度も練習した口上を述べた。

「——我ら敬虔（けいけん）に生き、敬虔（けいけん）に死せる者。血による尊（とうと）き絆（きずな）で結ばれし、聖なる者。白薔薇（プリローズ）の名を拝（はい）

し、この御剣に誓い、雪白の衣を汚すことない忠節の義を捧げます」

利菜は淀むことなく誓いの言葉を終わらせた。静かに壇を下りる。

続いて、次々と、卒業生の名前が呼ばれていく。

粛々と卒業式は終わった。

＊　＊　＊

「いやあ、本当に卒業することになるとはねー。快挙よ快挙。学園創立以来のことよ」

「スポンサーから直接引き抜かれたのだから、仕方あるまい」

「わたくしはもう少し、ミス・リナには学んでほしいことがあったんざますが……」

卒業式を終え、数日経ったある日のこと。教師三人組は、いつも集まる教員室でお茶を飲みながら談笑していた。

リナほどは目立たないが、同じ時期に入学してきた生徒たちの中には、いい素材がまだまだ残っている。特に、メイ・ブロッサム、それから本校舎の生徒ではレイニー・エイの成長が目覚ましい。

元々、この二人は優秀な生徒だったのだが、ここ最近の成長には目を瞠るものがあった。リナの卒業に触発されたのは間違いないだろう。

「レイニー・エイは、家柄がしっかりしているゆえに白刃の乙女にはなりえぬが、実に優秀だ。総合科目で彼女を超えるものは、なかなかいないだろう」

白刃の乙女は危険を伴う役職である。そのため、家柄がきちんとしている娘は自動的に候補から、排除されることになっていた。

「本当に家柄さえどうでもよかったら、あの子にも立派な白刃の乙女になれるだけの才覚はあるのに」

「ミス・メイは、戦闘力は期待できませんが、知識量、特に薬学の知識は十分に白刃の乙女としての条件を満たしているざますね。あの子は、もう少し面倒を見ないといけないざますが……卒業が楽しみな生徒ざます」

他にも将来が楽しみな生徒の名前をいくつか出し、紅茶も二杯目になった頃。

ふと、チェルターが思い出したかのように爆弾を落とした。

「――ところで、リナ・カイドウには、誰が、給仕を教えたのだ？」

「え？」

「え？」

何気なく尋ねたチェルターに、マーガレットとスコットティーが間の抜けた声を返す。チェルターは予想外の同僚たちの反応に苦い声で呟いた。

「……え？」

本来ならば、担当教員たちがそれぞれ給仕術や裁縫などを生徒に教えるようになっているのだが、チェルターに限らず全員が……リナには、戦闘に関するものしか仕込んでいなかった。

みるみる技術を吸収するリナに、つい、思わず、うっかりと、自分たちがもっとも得意としている分野を教えることに夢中になりすぎてしまったのだ。

　何より、自分が教えなくても他の教師たちがやるだろうと、三人がそれぞれ責任をなすりつけていた。

「……いやいや。でも、ほら。紅茶くらいは淹れられるだろうし……奉公先でも、いくらでも学ぶ機会があるわよ。若いんだから、すぐに吸収して覚えるって」

　ダラダラと汗を流しながら言うスコットティーは、誰とも目を合わせようとしない。

　紅茶という響きに、マーガレットは顔色を失い、ブルブルと震えながら己の細い肩を抱きしめた。言ったスコットティーも、口もとを押さえてテーブルに突っ伏す。

　一度体験したら忘れられない悪夢を思い出し、マーガレットとスコットティーの瞳から、人類の希望だとか愛だとか、そういう温かいものを信じ慈しむ光がすべて消えた。

「紅茶……だと？　あの、我々ですら一口で昏倒させる一撃必殺の毒薬のことを差しているのか？」

　リナの淹れる紅茶は、見た目は普通の紅茶である。色も、綺麗な色をしている。香りに変なところは、何一つない……のだが。

　一口、口にすると、激しい眩暈、吐き気、頭痛、腹痛、悪寒、節々の痛み、心が折れるという症状に襲われ、三日間再起不能に陥る。三日後、目が覚めた後には身体が異常なほど軽くなっており頭もスッキリしている代わりに、脳細胞が死滅すると言われている、悪夢の紅茶だ。

　それをリナの入学試験以降、三人は体験していた。それもあって、リナには誰も給仕を教えたがらなかったのだ。重苦しい沈黙が、教員たちを襲った。

最短記録で卒業していった優秀すぎる生徒は、最短記録で雇われた奉公先を首にされるかもしれない。そんな未来が、全員の頭をよぎった。

＊　＊　＊

「いやあ、リナのメイド姿をこんなに早く見られるとは思わなかったな。感無量だよ」

メイド姿になった利菜を見て、満足げにフォルテは言う。

卒業後、利菜は約束通りフォルテの館でメイドとして働くことになった。

メイドとしての技術が身についたとは思えないが、卒業できたのだから問題ないのだろう。

利菜に与えられた真新しいメイド服は紺地のワンピースに白いひらひらのレースがふんだんについたエプロン。頭の上には白いレースのリボンをカチューシャのようにつけている。本来は長い黒髪はまとめるべきなのだろうけれど、主人であるフォルテの要請で、そのまま下ろしていた。

「ありがとうございます、若様」

「ふふふ。それじゃあ、さっそくお茶でも淹れてもらおうかな。かわいいメイドさん」

言われて、利菜はスカートの端を掴むと軽く会釈をし、お茶の準備を始める。

少しして――

「若様。紅茶です」

「あ、ありがとう。いやあ、いい色だ。リナからお茶を淹れてもらう日が、こんなに早く来るなんて……ぶぴ」

「え？　若様？」

紅茶を口に含んだ瞬間、椅子に座ったままフォルテは倒れ込んだ。ガクガクと激しく痙攣しながら、白目を剥いている。

「若!?　どうしました若!?」

「若様！　お気を確かに！　医者を！　早く！　誰かが毒を!?」

室内にいた使用人の全員が騒然とし、フォルテに駆け寄った。

利菜はフォルテの口にしたカップを拾い上げ、確かめるために自分も少し口に含んでみる。

「ぶぴ」

そのまま、利菜も健やかな顔をして倒れ込んだ。

動かなくなった二人目の被害者に、騒ぎはますます大きくなる。

その後、三日間。利菜もフォルテも目を開けることはなかった。

戦闘力に特化した――本来の仕事をすっかり覚え忘れた戦うメイドさんの、華麗な日常がこれから開幕するかどうかは、誰にもわからない。

Regina COMICS
大好評発売中!!
えっ？平凡ですよ？？
1〜3
漫画 不二原理夏 Rika Fujiwara
原作 月雪はな Hana Tsukiyuki
ほのぼのファンタジー
待望のコミカライズ!
交通事故で命を落とした、女子高生のゆかり。目を覚ますと、異世界に伯爵令嬢として転生していた！　なのに、待っていたのはまさかの貧乏生活……。第二の人生を豊かにすべく、元女子高生は前世の知識をフル活用する!!
＊B6判
＊各定価：本体680円＋税
アルファポリス 漫画
検索
シリーズ累計16万部突破!

相坂桃花（あいさかももか）
2014年、相坂桃花名義にて執筆活動を開始。暑さに弱い冬生まれ。
ハッピーエンド好き。他名義でも活動中。

イラスト：仁藤あかね

お嬢（じょう）、メイドになる！

相坂桃花（あいさかももか）

2016年11月4日初版発行

編集－黒倉あゆ子・羽藤瞳
編集長－塙綾子
発行者－梶本雄介
発行所－株式会社アルファポリス
〒150-6005 東京都渋谷区恵比寿4-20-3 恵比寿ｶﾞｰﾃﾞﾝﾌﾟﾚｲｽﾀﾜｰ5F
TEL 03-6277-1601（営業） 03-6277-1602（編集）
URL http://www.alphapolis.co.jp/
発売元－株式会社星雲社
〒112-0005東京都文京区水道1-3-30
TEL 03-3868-3275
装丁・本文イラスト－仁藤あかね
装丁デザイン－ansyyqdesign
印刷－大日本印刷株式会社

価格はカバーに表示されてあります。
落丁乱丁の場合はアルファポリスまでご連絡ください。
送料は小社負担でお取り替えします。

ISBN978-4-434-22576-5 C0093